D0720066

L'ANGE GARDIEN

Danielle Steel

L'ANGE GARDIEN

Roman

Traduit de l'anglais (Etats-Unis)
par Marie-Pierre Malfait et Emilie Rofas

PRESSES
DE LA CITÉ

Titre original : *Johnny Angel*

© Danielle Steel, 2003
© Presses de la Cité, 2005, pour la traduction française
ISBN 2-258-06273-X

A mon ange, Nicky
Je ne cesserai jamais de t'aimer
Tu seras toujours près de moi,
Dans mon cœur,
Maman.

Et à Julie,
L'ange de Nicky,
Et le mien.

Je sais qu'ils sont ensemble
Maintenant, heureux,
Gais, pleins d'amour et d'espièglerie.
Comme vous allez nous manquer, tous les deux
Jusqu'au jour où
Nous nous retrouverons.
Avec tout mon amour,
d.s.

1

En cette belle journée de juin, le soleil brillait à San Dimas, petite ville de la banlieue de Los Angeles, à des années-lumière du luxe et de l'agitation de Hollywood. La mégapole était suffisamment éloignée pour qu'on ignore son existence et que les enfants vivent leur vie paisible d'enfants, en cette chaude journée d'été. Les grandes vacances s'annonçaient, les élèves de terminale passeraient bientôt leur diplôme de fin de cycle et, comme le voulait la tradition, un grand bal clôturerait l'année scolaire.

Johnny Peterson était le major de sa promotion. Depuis quatre ans, il brillait à la fois en athlétisme et au sein de l'équipe de football. Cela faisait aussi quatre ans qu'il sortait avec Becky Adams. Cet après-midi-là, tous deux bavardaient avec animation sur les marches du lycée, avec un groupe d'amis. Le grand corps souple et musclé du jeune homme se penchait de temps en temps, presque imperceptiblement, vers elle, tandis que leurs regards se rencontraient, complices. Ils s'aimaient et faisaient l'amour depuis un an. Ils avaient été attirés l'un par l'autre dès leur entrée au lycée. C'étaient ce qu'on appelle des amours adolescentes, pleines de vagues projets de mariage qu'ils taisaient encore. Johnny aurait dix-huit ans en juillet. Becky, elle, les avait déjà fêtés au mois de mai.

L'épaisse tignasse brune de Johnny brillait sous les rayons du soleil et ses yeux marron foncé étaient pailletés d'éclats dorés. Grand, large d'épaules, d'allure sportive, il possédait un sourire éblouissant, de belles dents blanches parfaitement alignées. Il incarnait tout ce que les jeunes gens de son âge rêvaient d'être. Outre son physique ravageur, Johnny était un jeune homme brillant, foncièrement gentil et bien élevé. Bon élève, il était entouré de nombreux amis et avait trouvé deux emplois à temps partiel, le week-end. Avec trois enfants à charge et des revenus modestes, ses parents ne pouvaient se permettre des dépenses superflues. Johnny aurait aimé se lancer dans une carrière de footballeur professionnel, mais il avait sagement renoncé à son rêve pour s'inscrire à l'université grâce à la bourse qu'il avait obtenue. Il s'apprêtait à commencer des études de comptabilité afin de pouvoir, à terme, épauler son père au sein du petit cabinet que ce dernier avait ouvert, sans grand enthousiasme. Johnny, lui, maniait les chiffres et les équations avec une aisance étonnante. Quant à ses compétences dans le domaine de l'informatique, elles n'étaient plus à démontrer. Infirmière de formation, sa mère avait arrêté de travailler quelques années plus tôt, pour élever son frère et sa sœur. Cette tâche s'était vite avérée très prenante. Charlotte venait d'avoir quatorze ans ; elle rentrerait au lycée à l'automne prochain. Bobby avait neuf ans et était un enfant à part.

La famille de Becky n'était pas aussi « ordinaire » que celle de Johnny. Ils étaient cinq enfants et leur vie avait basculé deux ans plus tôt, lorsque leur père, maçon, était mort accidentellement sur un chantier de construction. En plus de sa douleur, la famille avait dû faire face à de grosses difficultés financières. Après les cours, Becky travaillait dur, cumulant deux emplois. Tout ce qu'elle ramenait à la maison était bon à prendre. Contrairement à Johnny, la jeune fille n'avait pas obtenu de bourse pour l'université. Elle devrait donc travailler à temps plein au drugstore qui l'employait déjà et tenterait à nouveau de décrocher une bourse l'année suivante. A dire vrai, cette perspective ne l'affectait guère. Elle n'était pas aussi brillante que Johnny et une petite pause dans ses études lui ferait du bien. Courageuse, travailleuse, elle vouait à ses deux frères et ses deux sœurs un amour sans borne et désirait par-dessus tout aider sa mère à refaire surface. L'assurance-vie de leur père s'était avérée ridiculement maigre et leur existence n'était pas rose. Johnny était son rayon de soleil.

Becky était une jolie jeune fille, pleine d'entrain et de fraîcheur. Elle était aussi blonde que Johnny était brun et ses yeux rappelaient la couleur d'un ciel d'été. Et elle aimait Johnny, de tout son cœur.

Le fait qu'il entre à l'université, qu'il côtoie d'autres filles, l'emplissait parfois d'inquiétude, mais son angoisse ne durait jamais longtemps, car elle savait combien il l'aimait. Aux yeux de leurs camarades de classe, ils formaient le couple idéal : toujours ensemble, toujours heureux, riant, discutant, plaisantant. Jamais une querelle ne les opposait. Ils n'étaient pas seulement amoureux, ils étaient aussi les meilleurs amis du monde. De ce fait, Becky comptait moins de camarades qu'elle n'aurait pu en avoir si elle avait été seule. Johnny et elle ne se quittaient pas d'une semelle : ils se rendaient au lycée ensemble et se voyaient aussi souvent que possible le soir, après leurs activités sportives, leurs devoirs et leurs emplois respectifs. Ils étaient si consciencieux dans tout ce qu'ils accomplissaient que leurs parents ne voyaient pas d'inconvénient à ce qu'ils passent autant de temps tous les deux.

Ce soir-là, le petit groupe d'élèves de terminale ne parlait que de la remise des diplômes et du grand bal de la promotion. Johnny avait offert sa robe de soirée à Becky, c'était un secret entre eux. Sans son aide, elle n'aurait pu y aller.

Elle le gratifia d'un sourire rayonnant, plein de l'amour, des confidences et des secrets qu'ils partageaient depuis maintenant quatre ans, et son regard s'illumina lorsqu'il rencontra celui de Johnny.

— Bon, les amis, je dois vous laisser. Il faut que j'aille bosser, déclara le jeune homme en souriant à la ronde.

Il travaillait dans une scierie proche du lycée, où il se rendait après le sport. Là, il s'occupait des commandes, gérait les stocks et sciait du bois. C'était un travail éprouvant et il était bien payé. Le week-end, il travaillait pour le compte de son père. Pendant l'été, il se consacrerait uniquement à la scierie, afin d'amasser le plus d'argent possible avant de partir pour l'université. Quant à Becky, elle venait de démissionner de son deuxième emploi de serveuse dans une cafétéria près du lycée, car elle avait obtenu un poste à plein temps au drugstore. Ce serait beaucoup plus facile pour elle de ne travailler qu'à un seul endroit.

— Allez viens, Becky, fit Johnny en la tirant par le bras, tandis que les filles continuaient à parler avec animation des robes qu'elles porteraient le soir du grand bal, deux jours plus tard.

Pour la plupart d'entre elles, ce jour tant attendu marquait la fin d'une époque, symbolisait un rêve enfin réalisé. Il en allait de même pour Becky et Johnny. Mais, contrairement à certains de leurs camarades, ils n'avaient pas vécu dans l'angoisse de savoir avec qui ils iraient au bal. Leur idylle leur apportait à la fois de la confiance et un épanouissement affectif incontestable. Grâce à cela, leurs années de lycée s'étaient écoulées plus paisiblement que celles des autres.

Lorsqu'elle se fut enfin arrachée à son cercle d'amies, Becky emboîta le pas à Johnny, en rejetant derrière ses épaules sa longue chevelure dorée. D'un geste désinvolte, le jeune homme lança leurs deux sacs à dos à l'arrière de sa voiture, puis regarda sa montre.

— Tu veux qu'on aille chercher les petits ? proposa-t-il avec entrain.

— Tu as le temps ? demanda Becky.

A certains égards, ils ressemblaient à un couple déjà marié ; tout au fond de leur cœur, ils savaient l'un et l'autre qu'ils deviendraient un jour mari et femme. C'était un des silencieux secrets qu'ils partageaient. Ils étaient tellement proches – ils avaient grandi ensemble – qu'ils se comprenaient souvent sans avoir besoin de se parler.

— J'ai le temps, ne t'inquiète pas, répondit Johnny en souriant.

Becky se glissa à côté de lui et alluma la radio. C'était extraordinaire : ils appréciaient le même genre de musique, les mêmes personnes, la même cuisine. Becky adorait le voir jouer au football tandis que Johnny prenait un plaisir immense à danser avec elle, à lui parler au téléphone pendant des heures, après le travail. La plupart du temps, il s'arrangeait pour passer chez elle avant de rentrer chez lui. Sur le ton de la plaisanterie, sa mère les comparait souvent à des siamois.

L'école des frères et sœurs de Becky se trouvait à quelques rues du lycée et les enfants jouaient dans la cour quand ils arrivèrent. Becky leur fit de grands signes de la main. Aussitôt, les quatre gamins se précipitèrent vers la voiture et s'engouffrèrent à l'arrière dans un joyeux brouhaha.

— Salut, Johnny ! s'écrièrent en chœur les deux garçons.

Peter, douze ans, le remercia d'être passé les chercher. C'étaient des enfants gentils et bien élevés. Mark avait onze ans, Rachel dix et Sandi était âgée de sept ans. Ils formaient une famille aimante et chaleureuse ; deux ans après sa disparition tragique, leur père leur manquait encore cruellement. Pendant ces deux années, leur mère s'était entièrement consacrée à leur éducation et à son travail. Elle avait pris dix ans depuis la mort de Mike, son époux. Lorsque ses amis l'incitaient à sortir, à rencontrer d'autres hommes, elle les considérait avec un mélange de dégoût et de stupeur et repoussait violemment cette idée, arguant qu'elle n'avait pas de temps à perdre. Bien sûr, il ne s'agissait pas que de ça, Becky n'était pas dupe. Sa mère n'avait jamais aimé que son père, et la simple idée de fréquenter un autre homme lui répugnait. Eux aussi s'étaient connus et aimés au lycée...

Johnny les déposa chez eux et Becky lui donna un léger baiser avant de sortir de la voiture. Puis il reprit la route en agitant la main. Lorsqu'il eut disparu à vive allure, elle entraîna ses frères et sœurs à l'intérieur et leur prépara à goûter avant de partir travailler. Leur mère serait de retour dans deux heures. Elle dirigeait l'école d'esthéticiennes de la ville. Mais la vie n'avait pas été tendre pour cette jolie femme. Même dans ses pires cauchemars, elle n'aurait jamais imaginé qu'elle se retrouverait veuve à quarante ans, avec cinq enfants à élever.

Quatre heures plus tard, Johnny se tenait de nouveau sur le seuil de leur porte. Il avait l'air à la fois fatigué et heureux. Assis à la table de la cuisine, il partagea un sandwich avec Becky, bavarda joyeusement avec sa mère et taquina ses frères et sœurs. A 21 h 30, il se leva pour prendre congé. Ses journées étaient longues et bien remplies.

— J'ai du mal à croire que vous allez bientôt recevoir vos diplômes, déclara Pam Adams en secouant la tête. Je vous revois encore tous les deux à cinq ans, quand vous alliez frapper à la porte des voisins le jour d'Halloween... J'ai l'impression que c'était hier.

Un sourire nostalgique étira ses lèvres tandis qu'elle regardait Johnny déplier son grand corps de sportif. Il avait fait du basket en seconde, mais le football et l'athlétisme lui avaient finalement pris tout son temps. Le regard de Pam s'emplit de gratitude. Johnny était un garçon merveilleux. Elle espérait de tout son cœur que Becky et lui se marieraient un jour et surtout qu'il aurait la chance de vivre plus longtemps que son défunt mari. Les années passées aux côtés de Mike avaient été magiques, elle n'en regrettait pas le moindre instant. Elle déplorait juste le fait qu'il soit parti tellement tôt.

— Merci encore pour la robe de Becky, murmurat-elle au jeune homme.

Elle était la seule à partager leur secret. Johnny n'en avait même pas parlé à ses parents.

— Elle lui va à ravir, fit-il d'un ton léger, gêné par la reconnaissance qu'il lut dans le regard de Pam. Nous allons passer une soirée inoubliable, ajouta-t-il en songeant aux fleurs qu'il avait soigneusement choisies pour Becky et qu'elle porterait à sa robe le soir venu.

— Je l'espère bien. Le père de Becky et moi nous étions fiancés le soir du bal de promotion, se rappela-t-elle, plongée dans ses souvenirs.

Elle ne disait pas cela pour les inciter à en faire

autant. Il était évident que tous deux s'engageaient sur la même voie, avec ou sans bague de fiançailles.

— A demain ! lança Johnny en quittant la pièce.

Becky le suivit dehors. Ils bavardèrent encore un moment à côté de la voiture, puis Johnny l'enlaça et prit ses lèvres. Ce fut un baiser plein de passion et d'émotion, qui les laissa à bout de souffle.

— File vite avant que je t'entraîne dans les fourrés, Johnny Peterson, murmura Becky en gloussant.

Son visage mutin s'éclaira de ce sourire qui continuait à le faire chavirer, après toutes ces années.

— Quelle bonne idée... Mais c'est ta mère qui risque de faire la tête, plaisanta-t-il.

Aucun d'eux n'avait confié à ses parents que leur relation n'était plus seulement platonique, qu'ils faisaient l'amour depuis quelque temps déjà. Sans qu'ils en soient conscients pourtant, leurs mères respectives avaient deviné leur doux secret. Pam avait même abordé le sujet avec Becky un jour, la pressant de prendre des précautions si leur relation devenait plus « sérieuse ». En jeunes gens sensés et responsables, tous deux veillaient à ne pas commettre d'imprudence. Becky n'avait aucune intention de tomber enceinte avant qu'ils soient mariés, et plusieurs années s'écouleraient peut-être avant qu'ils franchissent le cap. Johnny devrait d'abord terminer ses études, et elle comptait reprendre les siennes, après les avoir interrompues pendant un an. Mais ils n'étaient pas pressés, l'avenir leur appartenait.

— Je t'appellerai tout à l'heure, promit-il en montant dans sa voiture.

Sa mère l'attendait à la maison et lui avait sans doute mis une assiette de côté. Par chance, il n'avait pas de devoirs ce soir-là et il se réjouissait déjà de pouvoir passer un peu de temps avec son père, son frère et sa sœur... si tout allait bien à la maison. Cinq minutes plus tard, il garait sa voiture derrière celle de son père, dans l'allée de gravier. En traversant le jardin, derrière la maison, il aperçut sa jeune sœur Charlotte, qui s'entraînait devant le panier de basket, comme il le faisait autrefois. Elle ressemblait comme deux gouttes d'eau à leur mère et n'était pas sans lui rappeler Becky, avec ses grands yeux bleus et sa longue crinière blonde. Elle portait un débardeur et un short qui dévoilait ses jambes, presque aussi longues que les siennes. Elle était grande pour son âge et très belle, bien qu'elle ne semblât pas en avoir conscience. La seule chose qui intéressait Charlotte, c'était le sport. Elle mangeait, dormait, rêvait, et ne parlait de rien d'autre que de base-ball l'été et de foot et de basket l'hiver. Elle faisait partie de plusieurs équipes. C'était une athlète douée et complète, la meilleure que Johnny connaissait.

— Salut, Charlie, comment va ? lança-t-il en rattrapant le ballon qu'elle venait de lui lancer avec une vigueur presque masculine.

— Ça va, ça va, répondit-elle en reprenant la balle pour marquer un nouveau panier.

Mais lorsqu'il croisa son regard, il y lut de la tristesse.

— Que se passe-t-il ?

Enroulant un bras autour de ses épaules, Johnny

l'attira affectueusement contre lui. Elle se laissa aller un instant et il perçut la tension qui émanait de tout son corps. Plus grande que la plupart des filles de son âge, elle était aussi beaucoup plus mûre dans sa tête.

— Rien.

— Papa est rentré ? demanda-t-il pour la forme, ayant garé sa voiture derrière celle de leur père.

Il savait ce qui tracassait sa jeune sœur ; ça ne datait pas d'hier, ni pour l'un, ni pour l'autre. Pourtant, malgré les années, c'était encore extrêmement douloureux.

— Oui.

Elle hocha la tête puis se remit à dribbler. Johnny l'observa une minute avant de lui chiper la balle d'un geste vif. Ils jouèrent ensemble un moment, marquant des paniers à tour de rôle. Une fois de plus, le jeune homme fut frappé par l'agilité de sa jeune sœur. A certains égards, il était presque regrettable qu'elle fût une fille. Charlotte partageait son avis, il n'était pas dupe. Elle avait assisté à tous les matchs qu'il avait disputés au cours de ses années de lycée, le soutenant et l'encourageant avec un enthousiasme sans cesse renouvelé. Charlotte vouait une profonde admiration à son frère. Il était son modèle, son héros.

Dix minutes plus tard, il la laissa et entra dans la maison. Sa mère était en train de faire la vaisselle dans la cuisine, sous le regard attentif de son jeune frère, assis à la grande table. Quant à son père, il regardait la télé au salon.

— B'soir maman, fit-il en plantant un baiser sur son front.

Un sourire éclaira le visage d'Alice Peterson. Ses trois enfants représentaient tout pour elle. Elle avait vécu le plus beau jour de sa vie lorsque Johnny était venu au monde, et elle éprouvait la même allégresse chaque fois qu'elle posait les yeux sur lui. Un lien à la fois spécial et indéfinissable les unissait, tous les deux.

— Bonsoir, mon chéri. Tu as passé une bonne journée ?

— Ça a été, oui. La remise des diplômes a lieu lundi et le bal de la promo est dans deux jours.

Alice laissa échapper un rire heureux, tandis que Bobby ne perdait pas une miette de la scène.

— Non, c'est vrai ? Tu crois peut-être que j'avais oublié ? Comment va Becky ?

Cela faisait des mois que les deux jeunes gens ne parlaient que de la remise des diplômes et du grand bal de fin d'année.

— Très bien.

Il se tourna vers Bobby, qui sourit de toutes ses dents lorsque son grand frère s'approcha de lui.

— Salut, p'tit gars ! Alors, ça a été, aujourd'hui ?

Bobby demeura silencieux mais son sourire s'épanouit tandis que Johnny ébouriffait tendrement sa tignasse.

Ce dernier entretenait toujours de longues conversations avec Bobby ; il lui racontait le déroulement de ses journées à grand renfort de détails puis lui demandait de ses nouvelles. Mais aucun son ne sortait de la bouche du jeune garçon. Il n'avait pas prononcé le moindre mot depuis cinq ans – il en avait alors quatre. Son mutisme datait de l'accident de voiture qu'il avait eu avec leur père. Le véhicule était tombé d'un pont, plongeant à pic dans le fleuve. Ils avaient failli périr noyés, tous les deux. C'était un promeneur qui avait sauvé Bobby. Il avait passé deux semaines en réanimation, et s'était finalement rétabli. Mais il n'avait plus jamais parlé. Son cerveau avait-il souffert de cette station prolongée sous l'eau ou bien était-ce plus simplement un traumatisme consécutif à l'accident ? Aucun spécialiste, aucune thérapie, aucun traitement n'avait eu le moindre effet sur son état. Bobby était tout à fait conscient et attentif à ce qui se passait autour de lui. Mais il ne parlait pas. Plongé dans son mutisme comme on serait prisonnier d'une bulle, il suivait une scolarité dans un établissement spécialisé. Il savait écrire mais refusait de communiquer par ce biais, se contentant de recopier les mots et les écrits que d'autres rédigeaient. Il ne répondait pas aux questions qu'on lui posait, restait délibérément en dehors des conversations, comme s'il n'avait plus rien à dire. Depuis l'accident, le penchant de leur père pour l'alcool lors de soirées entre amis s'était mué en habitude quotidienne. Tous les soirs, après le travail, il s'anesthésiait devant la télé, pour des raisons qui n'échappaient à personne. Il ne se montrait jamais violent ni agressif, ne buvait pas jusqu'à rouler par terre, mais il s'enivrait tout de même, chaque soir, et ce depuis cinq ans.

Aucun d'eux n'évoquait jamais le sujet. Au début, Alice avait essayé d'en parler avec son mari, persuadée qu'il cesserait de boire avec le temps, tout comme Bobby retrouverait l'usage de la parole. Mais les années s'étaient succédé sans apporter la moindre amélioration, ni d'un côté, ni de l'autre. Chacun à leur manière, ils étaient prisonniers dans leurs propres mondes ; Bobby dans celui du silence et Jim dans celui de l'alcool. C'était une situation éprouvante pour les membres de la famille mais tous avaient compris que les choses n'étaient pas près de changer. A plusieurs reprises, Alice avait demandé à son époux de prendre contact avec les Alcooliques anonymes. Mais il avait à chaque fois repoussé l'idée, refusant d'en parler à quiconque, comme s'il n'était pas réellement conscient du problème.

— Tu as faim, mon chéri ? demanda sa mère. Je t'ai gardé une assiette.

— C'est gentil, maman, mais j'ai mangé un sandwich chez les Adams, répondit Johnny en caressant doucement la joue de son petit frère.

Le toucher semblait être le meilleur mode de communication avec lui et permettait à Johnny de se sentir plus proche de Bobby. Un lien indéfectible les unissait. Malgré son mutisme, le petit garçon suivait son frère comme son ombre, le couvant de ses grands yeux bleus débordants d'amour.

— J'aimerais bien que tu dînes ici de temps en temps, le rabroua gentiment sa mère. Prends au moins une part de tarte aux pommes.

C'était son dessert préféré et sa mère le lui préparait aussi souvent que possible.

— D'accord, accepta Johnny pour lui faire plaisir.

Il lui arrivait parfois de prendre deux repas complets – le premier chez Becky et le second chez lui – juste pour ne pas froisser sa mère. Ils s'adoraient, tous les deux. Plus qu'une mère et un fils, ils étaient de véritables amis.

Elle s'assit en face de lui pendant qu'il mangeait sa part de tarte, sous le regard de Bobby. La conversation roula sur des sujets aussi variés qu'anodins : l'entraînement de base-ball de Charlotte, le bal qui approchait à grands pas. Johnny devait aller chercher le lendemain le smoking qu'il avait loué pour l'occasion et Alice brûlait d'impatience de le voir en tenue de soirée. Son appareil photo était déjà prêt. Elle proposa d'offrir à Becky les fleurs que la jeune fille épinglerait à sa poitrine.

— Je les ai déjà commandées, maman, avoua Johnny dans un sourire, mais merci quand même.

Sur ce, il se leva pour aller rédiger le discours d'ouverture de la cérémonie de remise des diplômes. En tant que premier de sa promotion, c'était à lui que revenait cet honneur, pour la plus grande fierté de sa mère.

En chemin, il s'arrêta au salon où la télé braillait, tandis que son père dormait à poings fermés, allongé sur le canapé – une scène douloureusement familière. Johnny éteignit le poste de télévision, puis monta dans sa chambre. Là, il s'assit à son bureau et relut les quelques lignes qu'il avait déjà écrites. Derrière lui, la porte s'ouvrit et se referma sans bruit. L'instant d'après, Bobby s'installa sur son lit.

— Je suis en train d'écrire un petit discours pour

la remise des diplômes, expliqua-t-il. C'est dans quatre jours, tu comprends.

Bobby ne réagit pas et Johnny se mit à l'ouvrage. La présence de son petit frère ne le dérangeait pas. Au contraire, il aimait le sentir près de lui. Au bout d'un moment, Bobby s'allongea et fixa le plafond d'un regard vide. A quoi songeait-il, dans ces moments-là ? Se souvenait-il de l'accident ? Y pensait-il de temps en temps ? Son mutisme était-il un acte délibéré ou un traumatisme qu'il ne parvenait pas à surmonter ? Toutes ces questions traversaient régulièrement l'esprit de Johnny, sans qu'aucune d'elles trouve une réponse.

L'accident avait bouleversé leurs vies à tous. D'une certaine manière, Charlotte et lui s'étaient sentis obligés d'exceller dans tous les domaines pour compenser le chagrin qui les avait frappés de plein fouet. Il n'en avait pas été de même pour leur père qui, à l'inverse, avait renoncé, rongé par un sentiment de culpabilité, détestant son travail et son quotidien au point de noyer son désespoir dans l'alcool tous les soirs. Et Johnny savait que leur mère s'était résignée elle aussi, à sa manière. Elle avait abandonné l'espoir d'entendre le son de la voix de Bobby et vivait désormais dans la certitude que Jim ne se pardonnerait jamais ce qui était arrivé. Jamais elle ne lui en avait voulu, jamais elle ne l'avait accusé d'imprudence ou de négligence. Pourtant, il était avéré qu'il avait bu plusieurs bières le jour de l'accident. Mais à quoi bon l'accabler davantage ? Jim Peterson se méprisait pour ce qui était arrivé. C'était un de ces drames sur lesquels on ne peut revenir. Mais ils avaient surmonté l'épreuve et la vie continuait, malgré tout, même si les choses n'étaient plus comme avant.

Johnny travailla encore une demi-heure sur son discours puis, satisfait du résultat, alla s'allonger près de Bobby et lui prit la main. Le garçonnet respirait paisiblement. C'était comme si toutes les paroles, toutes les émotions qu'il aurait aimé partager avec son frère se transmettaient par leurs doigts. Ce qu'ils éprouvaient l'un pour l'autre dépassait tous les mots. Ils n'avaient pas besoin de parler.

Ils restèrent ainsi un long moment, jusqu'à ce que leur mère vienne chercher Bobby. Il était l'heure pour lui d'aller se coucher. Le visage impassible, il se leva lentement, croisa le regard de Johnny, puis quitta la pièce pour se rendre dans sa chambre, suivi de sa mère. Celle-ci ne l'avait pas quitté un seul jour depuis l'accident. Toujours à ses côtés, elle ne l'avait jamais confié à une baby-sitter, ne s'était jamais éloignée de la maison. Toute son existence tournait autour de son fils cadet. Et les autres comprenaient. C'était le seul cadeau qu'elle pouvait lui offrir.

A 23 heures, Johnny appela Becky. La jeune fille décrocha à la deuxième sonnerie. Sa mère et les autres enfants étaient déjà couchés, mais chaque jour elle attendait le coup de fil de Johnny. Ils aimaient parler encore un peu, en toute fin de soirée. Et le matin, Johnny passait les chercher, elle et ses frères et sœurs, pour les conduire à l'école. Les journées de Johnny commençaient et s'achevaient avec Becky.

— Bonsoir, mon petit chat. Comment vas-tu depuis tout à l'heure ? murmura-t-il en souriant.

— Ça va. Maman est allée se coucher. J'étais en train d'admirer ma robe.

Il y avait un sourire dans sa voix et Johnny se sentit heureux pour elle. C'était une robe splendide et Becky était tout simplement éblouissante dedans. Comme il avait de la chance de l'avoir rien que pour lui !

— Tu seras la reine de la soirée, assura-t-il avec fougue.

— Merci. Et chez toi, tout va bien ?

Elle connaissait le problème de son père et s'inquiétait pour lui. En fait, tout le monde était au courant, cela faisait des années qu'il buvait. Et elle était désolée pour Bobby. Elle éprouvait beaucoup d'affection pour le petit garçon, un adorable enfant, et pour Charlotte, le garçon manqué de la famille qui ressemblait tellement à Johnny ! Comme leur mère, elle était ouverte, attentionnée et intelligente. Leur père, en revanche, demeurait plus insaisissable.

— Comme d'habitude, répondit Johnny d'un ton neutre. Papa a sombré devant la télé et Charlie semblait un peu triste. Elle aimerait tellement qu'il vienne la voir jouer, mais ça n'est encore jamais arrivé. Maman m'a raconté qu'elle avait joué comme un chef cet après-midi, mais tout ce qui compte pour Charlotte, c'est l'opinion de papa, qui, bien sûr, se désintéresse totalement de ce qu'elle fait. Bizarrement, il mettait un point d'honneur à assister à tous les matchs que je disputais. Il doit croire que ça n'en vaut pas la peine pour les filles. C'est complètement idiot. Le sentiment d'impuissance qu'il éprouvait face à cet état de fait l'emplissait de tristesse. A plusieurs reprises, il avait essayé d'en parler à son père, mais ce dernier avait fait mine de ne pas l'entendre. Aussi, Johnny faisait de son mieux pour assister aux matchs de sa sœur.

— Au fait, j'ai terminé mon discours, reprit-il avec plus d'entrain. J'espère que ça ira.

— Je suis sûre qu'il est super et tu le sais aussi. Oh, Johnny, comme je suis fière de toi !

Ils s'apportaient mutuellement le soutien et le réconfort dont ils avaient besoin et que leurs parents n'avaient plus le temps de leur donner depuis que de dramatiques accidents avaient chamboulé l'équilibre de leurs familles. Cette compréhension mutuelle faisait aussi partie du lien privilégié qui unissait le jeune couple. D'une certaine manière, malgré leurs frères, leurs sœurs, leurs parents et leurs amis, ils ne pouvaient compter que sur eux-mêmes et s'épanouissaient dans cet échange extraordinaire.

— A demain, mon amour, conclut Johnny avec douceur.

— Je t'aime, Johnny, murmura Becky, debout dans la cuisine, en chemise de nuit.

— Je t'aime aussi, mon cœur. Fais de beaux rêves.

Ils raccrochèrent et Johnny gagna lentement sa chambre dans la grande maison endormie.

2

— Oh, tu es superbe ! s'écria Alice Peterson lorsque son fils aîné descendit l'escalier dans son smoking de location.

Il était plus séduisant que jamais, grand, brun, avec sa chemise d'une blancheur immaculée et cette veste qui semblait avoir été taillée sur mesure. Une rose blanche agrémentait un des revers en satin.

— On dirait un acteur de cinéma ! reprit-elle avec enthousiasme en l'imaginant jeune marié.

Un sourire aux lèvres, Johnny alla chercher dans le réfrigérateur le petit bouquet de roses blanches qu'il destinait à sa cavalière. Quelques secondes plus tard, il revint dans le hall d'entrée, tenant à la main la boîte en plastique. Au même instant, Charlotte dévala l'escalier avec son ballon de basket. Un large sourire éclaira son visage lorsqu'elle aperçut son frère aîné.

— Alors, comment le trouves-tu ? demanda Alice rayonnante de fierté.

Sa fille gloussa.

— On dirait un pingouin, répondit-elle d'un ton espiègle.

Johnny rit à son tour.

— Merci, sœurette. J'ai hâte de te voir déguisée en meringue, le soir de ton bal de promotion ! Ce jour-là, tu prendras sûrement ton ballon de basket en guise de sac à main, à moins que tu décides de porter ton gant de base-ball ou tes crampons, au choix !

Charlotte sourit de plus belle.

— Pourquoi pas ? A part ça, je te trouve plutôt pas mal, ajouta-t-elle en l'observant d'un air admiratif.

— Tu veux dire qu'il est magnifique, oui ! intervint leur mère en se hissant sur la pointe des pieds pour gratifier son fils aîné d'un baiser.

Bobby les rejoignit sans bruit. Avant que Johnny ait le temps de protester, Alice prit rapidement deux photos de lui.

— Alors, champion, qu'en penses-tu ? lança le jeune homme à son jeune frère.

Bobby continua à observer la scène avec intérêt. Leur père n'était pas encore rentré du bureau.

— Je ferais mieux d'aller chercher Becky, si nous ne voulons pas être en retard, reprit-il en se dirigeant vers la porte sous les regards emplis de fierté de sa mère et de sa sœur.

Sur un petit signe de la main, il disparut. Une minute plus tard, elles entendirent la voiture s'éloigner.

Becky l'attendait sous le porche de sa maison, éblouissante dans la robe bustier en satin blanc qu'il lui avait offerte. Le tissu soyeux mettait parfaitement en valeur sa silhouette. Ainsi vêtue, elle ressemblait à une princesse de conte de fées, avait déclaré une de ses sœurs. Une paire d'escarpins en satin blanc complétait sa tenue et elle avait rassemblé ses longs cheveux blonds en un élégant chignon banane. En arrivant, Johnny épingla les roses blanches à sa robe tandis qu'elle lui adressait un sourire adorateur. Puis il se pencha vers elle pour l'embrasser tendrement. Derrière eux, les jeunes frères de Becky se mirent à siffler et à rire bêtement. La porte de la cuisine s'ouvrit et leur mère fit son apparition, tout sourire.

— On vous croirait tout droit sortis d'un magazine de mode, déclara Pamela Adams en les couvant des yeux.

Becky était encore plus ravissante que d'habitude et Johnny semblait plus âgé ainsi vêtu.

— Amusez-vous bien, les enfants. Et n'oubliez pas, il s'agit là d'une soirée unique, destinée à rester gravée dans votre mémoire. Profitez bien de chaque instant, faites en sorte de vivre un moment inoubliable.

C'était presque devenu sa philosophie de la vie, à présent. Chaque instant écoulé devenait précieux à ses yeux. Elle avait appris de manière brutale que les souvenirs étaient tout ce qui restait, au bout du compte.

— Ne t'inquiète pas, maman, nous sommes bien décidés à suivre tes conseils, répondit Becky en l'embrassant sur la joue.

— Et soyez prudents sur la route, ajouta-t-elle encore.

Johnny promit, comme d'habitude. En fait, c'était une recommandation de pure forme, car Johnny était un jeune homme calme et raisonnable en qui elle avait toute confiance.

Les deux jeunes gens rejoignirent un groupe d'amis dans un restaurant voisin. Tous étaient d'excellente humeur. Les filles admirèrent leurs robes. Toutes portaient de petits bouquets identiques à celui de Becky et des roses ornaient les vestes de tous les garçons. Ils étaient jeunes, joyeux et excités et lorsqu'ils partirent pour la soirée à 20 h 15, ils étaient tous en pleine forme. Un autre jeune couple les avait rejoints et ils arrivèrent au bal à 21 heures.

La nuit se déroula magnifiquement. Un orchestre anima le bal tandis qu'un de leurs camarades faisait office de disc-jockey pendant les pauses. La musique était excellente, le buffet copieusement garni. Seuls quelques-uns de leurs amis se laissèrent aller à boire de l'alcool et de la bière, la grande majorité d'entre eux ayant décidé de rester sobres en cette occasion particulière. Tout le monde s'amusa, des idylles s'ébauchèrent, il y eut quelques disputes sans importance et une bagarre éclata entre deux trouble-fêtes, rapidement contenus. Le bal se termina à minuit et ils se retrouvèrent tous dehors, cherchant un endroit où prolonger tranquillement la soirée. Pas loin de là se trouvait un restaurant ouvert toute la nuit où ils allaient parfois manger des hamburgers. Quelques garçons décidèrent d'aller prendre un verre au bar du coin.

Après avoir dansé et bavardé toute la soirée, Johnny et Becky préférèrent aller manger des hamburgers et des milk-shakes chez Joe's Diner, accompagnés de plusieurs amis. Ils proposèrent d'emmener le même couple qu'à l'aller et quittèrent l'école à minuit et demi. A ce moment-là, une décapotable les dépassa à vive allure, avec à son bord les membres de l'équipe de football qui en profitèrent pour envoyer des baisers aux filles. Le conducteur klaxonna à plusieurs reprises, tandis que ses compagnons, hilares, demandaient à Johnny s'il voulait faire la course. Sans se départir de son sourire, ce dernier refusa d'un signe de tête. Il n'aimait pas ces jeux-là, et encore moins un soir comme celui-là, avec deux jeunes filles à bord de sa voiture. Il klaxonna joyeusement en retour, alors que la décapotable s'éloignait sur les chapeaux de roue avant de bifurquer dans un crissement de pneus, au carrefour suivant, en direction du seul bar de la ville qui acceptait de servir de l'alcool aux mineurs.

Dans la voiture de Johnny, Becky et son amie riaient et bavardaient avec animation, échangeant leurs impressions sur la soirée et leurs amis. Au carrefour, le feu venait de passer au rouge ; Johnny freina puis redémarra en douceur lorsqu'il repassa au vert. Il était en train de dire quelque chose à son camarade, assis sur la banquette arrière, lorsqu'une espèce d'éclair attira son attention, juste à la limite de son champ de vision. Suivit un concert assourdissant de klaxons et des crissements de pneus stridents. Tous les sens en alerte, le jeune homme aperçut alors la décapotable de l'équipe de football qui avait rebroussé chemin et slalomait à tombeau ouvert entre les files de voitures, tandis que ses occupants criaient à tue-tête, euphoriques. Pris de panique, Johnny appuya de toutes ses forces sur la pédale de frein puis, réalisant qu'il ne pourrait s'arrêter à temps, braqua brusquement pour éviter le bolide lancé à pleine vitesse. La voiture se retrouva alors face aux véhicules qui venaient de l'autre côté. A côté de lui, Becky poussa un hurlement de terreur.

Ensuite tout alla très vite. Il y eut un énorme choc accompagné d'un terrible fracas de métal et d'explosion de verre. Plus tard, une des jeunes filles expliqua qu'elle avait eu l'impression de percuter un mur. Ils se retrouvèrent au milieu de voitures klaxonnant, freinant, faisant des tête-à-queue. C'est là que la décapotable vint s'encastrer. Seul le conducteur resta dans la voiture ; ses compagnons, eux, furent violemment éjectés de leurs sièges et atterrirent sur la chaussée ou sur le capot d'autres véhicules accidentés. Quant à la voiture de Johnny, elle était comme une toupie. Il avait tout fait pour tenter de l'arrêter, en vain. Au bout de ce qui parut une éternité, elle s'immobilisa enfin, coincée entre un camion et la glissière de sécurité. Alors, il n'y eut plus que le silence. Au dire d'un témoin, la robe de Becky était couverte de sang, le pare-brise ressemblait à une feuille de cellophane froissée et des gémissements s'élevaient faiblement de la banquette arrière. Becky avait perdu connaissance, Johnny avait la tête appuyée contre le volant.

Ils portaient tous leur ceinture de sécurité. Pendant ce qui sembla une éternité, il n'y eut aucun bruit. Enfin, un homme s'approcha du véhicule et braqua sa lampe torche dans l'habitacle. Quelqu'un pleurait à l'arrière. Au loin, les sirènes des ambulances hurlaient déjà et il préféra ne rien toucher avant leur arrivée. Autour de lui, les passagers des autres voitures sortaient lentement de leur prison de tôle. Six ou sept personnes étaient déjà assises sur le trottoir, le visage hagard, souvent couvertes de sang. En tout, cinq voitures et un camion étaient entrés en collision. Le bruit courait déjà que le conducteur du poids lourd avait trouvé la mort. Une ambulance s'arrêta et l'homme à la lampe torche s'approcha des médecins secouristes.

— Il y a des blessés dans la voiture, là-bas, déclara-t-il en indiquant le véhicule de Johnny. J'ai entendu quelqu'un pleurer à l'arrière... Je ne pense pas que ce soit trop grave, ajouta-t-il avant de regagner son propre véhicule.

Sans perdre un instant, l'équipe de secours se dirigea vers la voiture de Johnny tandis que deux autres ambulances arrivaient sur les lieux, suivies d'un camion de pompiers. Médecins et infirmiers se déployèrent rapidement dans la lumière des gyrophares. Très vite, on vérifia l'intérieur des voitures, on pansa les plaies, on aida les passagers à sortir. Quelques minutes plus tard, quatre corps gisaient sur le bas-côté, recouverts de draps. Parmi eux se trouvait le chauffeur du camion. Un infirmier aida Becky à s'extirper du siège passager. Une longue balafre zébrait sa joue et le sang continuait à couler sur sa robe. Un autre secouriste écarta délicatement Johnny du volant sur lequel il était affalé et chercha son pouls. Pendant ce temps, les deux autres passagers sortirent par l'arrière et rejoignirent Becky. Ils étaient sous le choc, mais ne semblaient pas blessés. Le secouriste braqua le faisceau de sa lampe de poche sur les pupilles de Johnny, tandis que son équipier entraînait les trois jeunes gens à l'écart. De nouveau, il chercha le pouls du jeune homme en smoking, puis examina avec attention le beau visage blafard. Un gros hématome assombrissait son front. Il devina aussitôt que le jeune conducteur s'était brisé la nuque. Alors, d'un geste empreint de douceur, il cala sa tête contre le dossier et interpella un pompier.

— Le gamin qui conduisait est mort, expliqua-t-il à voix basse afin que ses camarades n'entendent pas.

Il fit signe à un brancardier de venir et de l'emmener. Ils le sortirent et le recouvrirent d'un drap. Becky se retourna au moment où les secouristes soulevaient la civière.

— Qu'est-ce que vous faites ? Pourquoi faites-vous ça ? s'écria-t-elle, au bord de l'hystérie. Enlevez ce drap de son visage !

Elle se précipita sur eux, couverte de sang dans sa robe déchirée, et tenta d'arracher le drap qui recouvrait Johnny. L'un des deux secouristes la retint fermement et elle se débattit en sanglotant.

— Venez avec moi, ordonna-t-il d'un ton apaisant. Ça va aller... Asseyez-vous, là... Nous devons vous emmener à l'hôpital, poursuivit-il en lui emprisonnant les bras, tandis qu'elle continuait à se débattre, secouée de sanglots déchirants.

— Je veux voir Johnny... Je veux le voir... Je veux le voir...

Elle suffoquait, sanglotait, lorsqu'un pompier s'approcha d'elle et la prit dans ses bras pour tenter de la calmer.

— C'est Johnny... C'est impossible qu'il soit... Non, mon Dieu, non... Ce n'est pas possible... Les mots moururent sur ses lèvres et elle s'effondra lentement sur le sol, inconsciente. Le pompier la souleva doucement et la déposa dans une ambulance qui fila bientôt en direction de l'hôpital.

Il fallut près de deux heures pour déblayer les lieux de l'accident, emmener les blessés aux urgences et reconduire les autres chez eux. On prévint les parents, les officiers de police raccompagnèrent quelques jeunes chez eux et les cinq morts furent directement envoyés à la morgue. Trois officiers de police et un motard se partagèrent la charge d'annoncer aux familles les tristes nouvelles. Le chauffeur du poids lourd habitait dans un autre Etat et ils prévinrent son employeur, qui se chargerait d'annoncer son décès à ses proches.

L'agent de police qui se rendit chez Johnny connaissait bien le jeune homme et sa famille. Une de ses filles était dans la même classe que Charlotte. Ce n'était pas la première fois qu'il s'acquittait d'une mission aussi pénible et il redoutait la réaction de la mère du jeune homme. Johnny était un garçon en or, gentil, brillant et bien élevé. C'était un drame terrible. Il était 3 heures du matin lorsqu'il appuya sur la sonnette et il dut répéter son geste avant que Jim Peterson ouvre la porte, en pyjama, l'air hébété. Alice le suivait de près, vêtue d'une vieille robe de chambre. La peur se lut sur leurs visages dès qu'ils aperçurent le policier.

— Il y a un problème, monsieur l'agent ?

Johnny ne leur avait jamais causé le moindre souci... Etait-il possible qu'il se soit fait arrêter après le bal ? Pour excès de vitesse, peut-être... ou pire encore, pour conduite en état d'ébriété ? Cela leur paraissait inconcevable !

— J'en ai peur, oui, répondit le policier en se forçant à rencontrer leurs regards anxieux. Puis-je entrer ?

Ils s'effacèrent pour le laisser passer et il pénétra dans le salon, l'air sombre.

— Il y a eu un accident, commença-t-il d'un ton circonspect.

Aussitôt, Alice retint son souffle, posa sa main sur le bras de son mari et s'y accrocha.

— Votre fils John a été tué sur le coup. Je suis sincèrement désolé, madame... monsieur Peterson... Six véhicules étaient impliqués dans la collision, qui a fait plusieurs victimes. Je suis vraiment navré que votre fils en fasse partie.

— Oh, mon Dieu, articula Alice tandis qu'une vague de panique montait en elle, incontrôlable. Non... Mon Dieu, non... Ce n'est pas possible... Etes-vous sûr qu'il ne s'agit pas d'une erreur... ?

Jim n'avait pas prononcé un seul mot, mais des larmes baignaient son visage.

— Une voiture les a heurtés de plein fouet, coinçant leur véhicule entre la glissière de sécurité et un camion qui arrivait en sens inverse. Votre fils n'avait pas la moindre chance d'éviter l'accident.

C'est terrible de perdre un enfant, je sais ce que vous ressentez.

Non, il ignorait tout de l'atroce douleur qui lui tordait le cœur ! songea Alice, incapable d'articuler le moindre son. Son cerveau tournait dans tous les sens, elle sentait qu'elle allait s'évanouir. L'agent de police l'aida à s'asseoir.

— Voulez-vous un verre d'eau, madame ?

Elle secoua la tête, tandis que les larmes coulaient sur son visage.

— Où est-il ? murmura-t-elle au prix d'un effort, pendant que des images de Johnny gisant sur la chaussée ou effondré sur son volant défilaient dans sa tête.

Elle aurait tout donné pour le serrer dans ses bras... Tout donné pour mourir avec lui... Tout se mélangeait dans son esprit confus.

— On l'a emmené chez le médecin légiste. Vous verrez avec lui. Nous ferons tout pour vous aider.

Elle hocha de nouveau la tête, alors que Jim se dirigeait vers la cuisine d'un pas mal assuré puis en revenait avec un verre. Le breuvage était aussi limpide que de l'eau, mais c'était du gin pur, Alice le devina dans son regard épouvanté. Il était aussi choqué, aussi perdu qu'elle.

L'agent de police resta encore une demi-heure, puis les laissa après leur avoir redit combien il était désolé. Il était 4 heures du matin. Alice et Jim restèrent prostrés un long moment, incapables de réagir. Finalement, il la prit dans ses bras, ils s'assirent côte à côte sur le canapé et donnèrent libre cours à leur chagrin.

Ils restèrent ainsi plusieurs heures, et Alice ne songea même pas à protester lorsque Jim alla se servir un autre verre. Elle regretta presque de ne pas pouvoir trouver elle aussi un peu de réconfort dans l'alcool. Mais rien ni personne n'aurait pu soulager la douleur qui lui vrillait le cœur. Lorsque l'aube se leva, elle eut l'impression que la fin du monde était arrivée. Le soleil lui fit l'effet d'une insulte. La vie sans Johnny, le monde sans Johnny n'avait aucune raison d'être. Quelques heures plus tôt, il avait quitté la maison dans son smoking, une rose à la boutonnière. Et maintenant, il était parti. Non, c'était une farce, une blague cruelle qu'un mauvais plaisantin avait voulu leur faire. Il allait arriver d'une minute à l'autre... Il franchirait le seuil et rirait de voir leurs mines affligées. L'officier de police leur avait dit que Becky s'en était sortie avec une simple écorchure à la joue, et que le couple d'amis qui se trouvait à l'arrière était indemne. Johnny avait tout pris sur lui. Cruel et impitoyable, le destin l'avait arraché à eux. Ils avaient été soulagés d'apprendre que ses camarades étaient sains et saufs, mais c'était une telle injustice de perdre Johnny... Johnny qui n'avait ni bu ni commis la moindre imprudence, qui ne méritait pas ça. C'était le fils dont rêvaient toutes les mères, un modèle pour ses camarades, gentil et atten-tionné avec tout le monde. Et à présent il était parti, à dix-sept ans.

A 7 heures du matin, ils reçurent un coup de téléphone de Pam Adams. Jim avait ingurgité trop de gin pour pouvoir parler et Alice se résigna à répondre aux sonneries insistantes. Elle éclata en sanglots dès qu'elle reconnut la voix de son amie.

— Oh, Alice, mon Dieu, Alice... je suis si désolée, articula Pam en pleurant aussi.

Elle était allée chercher Becky à l'hôpital ; le chirurgien avait pris soin de lui administrer un anesthésiant avant de recoudre la légère balafre qui lui zébrait la joue. Becky pleurait toutes les larmes de son corps ; elle refusait de croire que Johnny était mort.

— Je compatis de tout mon cœur, Alice, reprit Pam. Y a-t-il quelque chose que je puisse faire pour vous ?

La disparition de Johnny ravivait en elle l'atroce douleur qui l'avait transpercée lors du décès de Mike. C'était un choc et une souffrance indicibles, insupportables, et ce devait être plus douloureux encore lorsqu'il s'agissait d'un enfant.

— Veux-tu que je vienne m'occuper des enfants ?

— Je ne sais pas... murmura Alice, complètement perdue.

Elle n'arrivait pas à assimiler ce qui s'était passé et elle allait pourtant devoir annoncer l'horrible nouvelle à Charlotte et Bobby. C'était tout simplement inconcevable. Jamais les mots ne franchiraient ses lèvres.

— Je peux être là dans quelques minutes, si tu le souhaites, insista Pam.

Elle savait combien il était important de se sentir entouré de ses amis dans des moments comme celui-ci. Ils auraient tant à faire et à décider. Ils allaient devoir trouver une entreprise de pompes funèbres, choisir le cercueil, les vêtements, rédiger le faire-part, organiser les visites au funérarium, s'occuper de la messe d'enterrement, acheter une concession au cimetière... toutes ces démarches à accomplir alors que vous êtes écrasé de douleur et de chagrin. Pour être déjà passée par là, Pam tenait à les aider du mieux qu'elle pouvait. Elle s'inquiétait aussi beaucoup pour Becky. C'était une perte terrible pour la jeune fille, éperdument amoureuse de Johnny.

Vingt minutes plus tard, Pam se présentait au domicile des Peterson. Elle enlaça affectueusement son amie, tandis que Jim montait s'habiller. Puis elle alla préparer du café, et les deux femmes s'installèrent dans la cuisine, en pleurant. Une heure s'écoula avant que Charlotte fasse son apparition, les cheveux ébouriffés, vêtue d'un short et d'un débardeur.

— Bonjour, maman, dit-elle d'une voix ensommeillée, avant de réaliser que quelque chose de terrible s'était produit.

Paupières gonflées, nez rougi, Alice et Pam se serraient les mains. L'angoisse se peignit sur le visage de la jeune fille.

— Qu'est-ce qui ne va pas ?

La regardant avec désespoir, sa mère se leva et la prit dans ses bras, sans qu'aucun mot ne puisse sortir de sa bouche.

— Maman, que se passe-t-il ? Qu'est-il arrivé ?

A cet instant précis, elle eut l'étrange impression

que sa vie, son univers, tout ce qui lui était cher était sur le point de basculer, définitivement.

— C'est Johnny... Il a eu un accident... Il est mort en sortant du bal, balbutia sa mère d'une voix à peine audible.

Charlotte laissa échapper une longue plainte rauque.

— Non... non... maman... non... s'il te plaît, non...

La mère et la fille s'étreignirent, tandis que leurs sanglots emplissaient la pièce, déchirants, et que Pam pleurait en silence, les regardant, voulant les aider mais craignant de les importuner. Lorsque Jim les rejoignit quelques minutes plus tard, il était sobre. Seuls le chagrin et la tristesse creusaient de profonds sillons sur son visage. Ils restèrent là un long moment, secoués de sanglots rauques, unis dans la peine. Enfin, Alice monta dans la chambre de Bobby. Les yeux grands ouverts, il était allongé sur son lit, comme il le faisait parfois. Aujourd'hui, pourtant, Alice eut l'impression qu'il avait senti le malheur et qu'il s'en cachait. Même la carapace de silence dans laquelle il s'était enveloppé ne suffirait pas à le protéger.

— Il faut que je t'annonce une nouvelle très triste, commença Alice en s'asseyant au bord du lit pour le prendre dans ses bras. Johnny nous a quittés... Il est parti rejoindre Dieu, au paradis... Il t'aimait de tout son cœur, mon chéri, ajouta-t-elle avant de fondre en larmes.

Elle le sentit frémir puis se raidir entre ses bras.

Mais aucun son ne franchit ses lèvres. Et lorsqu'elle s'écarta, elle vit qu'il pleurait sans bruit, aussi bouleversé, aussi chaviré que le reste de la famille. On venait de lui arracher ce frère qu'il adorait. Les larmes ne cessèrent de ruisseler sur son visage tandis qu'Alice l'aidait à s'habiller. Ils descendirent au rez-de-chaussée main dans la main et le reste de la journée se déroula dans une espèce d'épais brouillard.

Pam resta avec Bobby et Charlotte pendant qu'Alice et Jim allaient à la morgue. Alice poussa un cri de douleur lorsqu'elle vit son fils et le prit dans ses bras. Au bout d'un moment, Jim fut obligé de l'entraîner hors de la pièce. Ils allèrent ensuite au funérarium et prirent toutes les dispositions nécessaires pour l'enterrement. L'après-midi était déjà entamé lorsqu'ils rentrèrent chez eux. Pam avait préparé le repas. Charlotte était sortie dans le jardin, tandis que Bobby avait regagné sa chambre.

Le journal avait relaté les circonstances de l'accident et les gens ne tardèrent pas à appeler pour présenter leurs condoléances. Certains passèrent. Becky leur rendit également visite. Un pansement barrait son petit visage blafard. Secouée de violents sanglots, elle ne cessait de répéter combien elle était désolée, et que jamais elle ne pourrait vivre sans Johnny... Le cœur serré, Pam préféra la ramener à la maison.

D'une certaine manière, la journée du lendemain fut encore plus éprouvante, car la réalité les frappa avec davantage de force au fil des heures. Dans la soirée, ils allèrent ensemble au funérarium. Le surlendemain, le salon qu'ils avaient choisi pour Johnny fut rempli d'amis, de proches et de lycéens. La cérémonie de remise des diplômes avait eu lieu le même jour et tout le monde avait parlé de Johnny. On avait respecté une minute de silence et l'assistance s'était recueillie en souvenir du jeune homme, manifestant ainsi sa compassion.

L'enterrement eut lieu le mardi suivant. Jamais encore Alice n'avait éprouvé pareille douleur. A la fin de la journée, elle ne se souvenait que des fleurs, des chants dans l'église et de ses chaussures qu'elle avait fixées. Elle avait serré la main de Bobby durant tout l'office. A côté d'elle, Charlotte n'avait cessé de pleurer, à l'instar de Jim qui avait assisté à la messe assis, le regard vide. Le principal du lycée et le meilleur ami de Johnny prononcèrent chacun un émouvant discours. L'oraison funèbre du pasteur fut tout aussi poignante. Avec des mots soigneusement choisis, il rappela à chacun combien le jeune homme était gentil, généreux, intelligent, aimé et chéri de tous. Mais aucune parole ne pouvait soulager leur douleur. Johnny n'était plus de ce monde, telle était l'insoutenable vérité.

Après une brève cérémonie au cimetière, les Peterson regagnèrent leur maison avec l'impression que la terre avait cessé de tourner. Ils n'avaient plus personne à qui s'accrocher, aucune source de réconfort ni de consolation. On leur avait pris Johnny trop vite, trop tôt, dans des circonstances aussi stupides que tragiques. Pourtant, qu'ils se sentent ou non à la hauteur, ils devaient vivre et continuer sans lui... Il n'y avait pas d'autre solution.

Charlotte pleura jusqu'à l'épuisement, ce soir-là. Dans sa chambre, Bobby resta longtemps éveillé, allongé sur son lit. Il avait versé toutes les larmes de son corps et sombra finalement dans le sommeil, terrassé par la fatigue et les émotions. Assis au salon, Alice et Jim songeaient à leur fils disparu, enfermés dans leur chagrin. L'idée qu'il ne reviendrait plus jamais leur paraissait encore inconcevable. Insupportable. Aucun d'eux n'avait envie d'aller se coucher, de peur d'être submergé par des idées noires et des cauchemars. Il était 3 heures du matin quand Alice se décida à monter. Jim resta au salon et but toute la nuit. Au matin, Alice le trouva affalé sur le canapé, une bouteille de gin vide posée sur le sol. Une période atroce commençait pour eux et Alice ne pouvait imaginer qu'ils vivraient à nouveau normalement un jour. Johnny ne reviendrait plus à la maison le soir, après le travail, il ne partirait pas à l'université à l'automne prochain et ne disputerait plus jamais de match de football. Elle ne pourrait plus le serrer contre son cœur et l'embrasser, ne croiserait plus jamais son regard, ne lui sourirait plus, ne rirait plus avec lui... Elle ne pourrait plus jamais prendre sa main dans la sienne ni caresser ses cheveux. Il n'y avait plus rien, même de vaguement normal, depuis qu'il était parti. Et, au fil des jours, Alice acquit la certitude que leur vie ne serait plus jamais comme avant.

3

Le 4 juillet, cela fit un mois que Johnny était mort. Alice avait fait développer les photos du bal de promotion. La vue de Johnny souriant, plus séduisant que jamais dans son smoking, lui avait brisé le cœur. Elle en avait fait encadrer trois : une pour Charlotte, une pour Bobby et une qu'elle gardait sur sa table de chevet. Il était tellement beau, tellement jeune, tellement vivant sur ces photos qu'elle pleurait à chaque fois qu'elle les regardait.

Le 4 juillet fut une bien triste journée pour les Peterson. Le barbecue qu'ils avaient coutume d'organiser chaque année ce jour-là appartenait désormais au passé. Convier leurs amis n'aurait fait que raviver le souvenir de l'enterrement et ils n'avaient vraiment pas le cœur à fêter quoi que ce soit. Un calme pesant régnait sur la maison depuis un mois. Tous avaient l'air épuisés, si pâles qu'on les croyait malades. C'était le cas, à la vérité. Chacune de leurs journées était aussi éprouvante qu'une ascension de l'Everest et, lorsqu'ils se réunissaient pour le repas du soir, tous paraissaient surpris de se voir si mal en point.

Alice avait perdu sept kilos ; des cernes souli-
gnaient ses grands yeux tristes. A Pam Adams qui
l'appelait tous les jours, elle avait avoué qu'elle ne
dormait presque plus. Le sommeil finissait par
l'emporter aux alentours de 6 heures du matin, pour
une ou deux heures, grand maximum. Il lui arrivait
de s'assoupir sur une chaise, au beau milieu de la
journée. Quant à Jim, il s'effondrait sur le canapé du
salon et buvait jusqu'à se trouver dans un état semi-
comateux. Charlotte passait son temps à pleurer.
Elle refusait de sortir et avait manqué un mois entier
de matchs de base-ball. Bobby, lui, s'était encore
fermé davantage. Tous souffraient affreusement.

Au dire de Pam, Becky n'allait guère mieux.
Après avoir refusé de se lever la première semaine,
elle était enfin retournée travailler, mais son patron
l'avait renvoyée chez elle tant elle était mal. Depuis
une semaine, elle réussissait à aller travailler à mi-
temps, entre deux crises de larmes. Elle avait perdu
l'appétit et répétait qu'elle aurait voulu mourir en
même temps que Johnny. Ses frères et sœurs
étaient tristes eux aussi. Johnny était également leur
ami et il leur manquait.

— Il faut absolument que tu arrives à te reposer,
dit Pam à Alice lors d'une de leurs conversations
téléphoniques. Tu verras, tu finiras par retrouver le
sommeil. J'ai connu ça, après la mort de Mike. Il
ne faut surtout pas que tu tombes malade. Pourquoi n'essaies-tu pas de prendre des somnifères ?

Elle-même en avait pris pendant quelque temps,
mais l'impression de vivre dans une espèce de
brouillard permanent l'avait vite dissuadée de conti-

nuer. Par la suite, elle s'était résolue à faire face, sans aide. C'était exactement ce qu'Alice souhaitait faire elle aussi.

— Est-ce que je vais vivre toute ma vie avec une telle douleur ? demanda cette dernière, en proie à une nouvelle crise d'angoisse.

— C'est sans doute différent pour un enfant. Mais on n'oublie jamais. Les émotions évoluent, on apprend à vivre avec la souffrance. Tant bien que mal.

Cela faisait deux ans que son époux était décédé et elle n'avait pas encore réussi à faire son deuil. Mais au moins, elle arrivait à se lever le matin pour s'occuper de ses enfants et il lui arrivait de rire de temps en temps, même si la joie de vivre qui l'animait autrefois l'avait abandonnée. Ses amis ne cessaient de lui répéter qu'elle goûterait de nouveau aux petits bonheurs de la vie, c'était juste une question de temps.

— Ne t'inquiète pas, Alice, tu n'auras pas toujours aussi mal ; ça ne fait qu'un mois, tu sais. Et les enfants, comment vont-ils ?

— Charlie a repris l'entraînement de base-ball hier, mais elle a quitté le terrain au bout d'une demi-heure. Heureusement, l'entraîneur se montre très compréhensif. Il lui a dit qu'elle pouvait faire comme elle voulait, jouer ou juste regarder les matchs. Il a perdu une sœur quand il avait l'âge de Charlotte. Il sait ce qu'elle ressent.

— Et Bobby ?

— Il s'est complètement replié sur lui-même. Il passe ses journées allongé sur son lit. Il ne veut même plus descendre manger avec nous ; je suis obligée de lui monter un plateau. Jim me reproche de trop le materner, mais... Sa voix se brisa et elle fondit en larmes. A l'autre bout du fil, Pam murmura quelques paroles apaisantes. Leur amitié s'était renforcée depuis le drame, et Alice puisait un peu de réconfort dans leurs conversations quotidiennes. Au prix d'un effort, elle parvint à terminer sa phrase.

— Tu comprends, d'une certaine manière, Bobby et Charlotte sont tout ce qui me reste. Jim n'est jamais à la maison et quand il rentre, il... enfin... tu sais bien... il noie son chagrin dans l'alcool. Il ne veut même pas parler de Johnny. Il dit que je devrais vider sa chambre et me débarrasser de ses affaires. Mais je ne suis pas encore prête. Peut-être que je ne le serai jamais. Parfois, j'ai l'impression que si je l'attends tranquillement, assise au salon, il va revenir. Je n'ai même pas changé ses draps, tu te rends compte... Ça doit te paraître ridicule, je sais, conclut-elle en s'excusant.

— Il m'a fallu plus d'un an pour me résoudre à me séparer des vêtements de Mike, et encore, j'ai gardé quelques-unes de ses affaires préférées, avoua Pam.

— C'est arrivé si brutalement, murmura Alice. Je n'avais jamais imaginé qu'il puisse mourir... qu'un tel drame puisse nous arriver. C'est le genre de chose qui arrive aux autres, tu sais... mais pas à toi...

C'était exactement ce qu'avait éprouvé Pam à la mort de son mari. Mais perdre un enfant à la fleur de l'âge, comme Johnny, semblait encore plus injuste et cruel. C'était ce que disait Becky. En mourant, Johnny les avait brisés. Certaines personnes avaient même dit à Alice qu'elle en voudrait un jour à son fils de les avoir quittés aussi brutalement, aussi prématurément, mais elle en doutait. Après tout, il ne les avait pas laissés de son plein gré, aussi comment aurait-elle pu lui en vouloir ?

Ils avaient prévu de partir en vacances à la fin du mois de juillet, mais, étant donné les circonstances, ils décidèrent d'annuler leur séjour. Le mois d'août arriva. Alice n'arrivait toujours pas à dormir la nuit, mais Jim buvait moins. Il avait arrêté le gin et s'était rabattu sur la bière en regardant la télévision le soir. Charlotte avait repris l'entraînement de base-ball. Consciente de la fragilité de la jeune fille, Alice avait plusieurs fois demandé à son mari d'assister aux matchs qu'elle disputait pour qu'elle se sente soutenue et encouragée, mais à chaque fois, il répondait qu'il n'avait pas le temps. Quant à Bobby, il continuait à passer le plus clair de son temps enfermé dans sa chambre. Malgré tous les efforts d'Alice pour tenter de le divertir, il s'empressait de regagner sa chambre dès qu'elle avait le dos tourné. A la nuit tombée, un silence de mort enveloppait la maison ; chacun se réfugiait dans son chagrin, s'efforçant désespérément de panser ses blessures. Et tous les après-midi, Alice passait un petit moment dans la chambre de Johnny.

Au début de septembre, Pam trouva qu'elle avait bien plus mauvaise mine qu'en juin. Johnny était décédé depuis trois mois, mais pour sa mère, la douleur était toujours aussi vive. C'était au prix d'un effort surhumain qu'elle parvenait à s'habiller le matin, revêtant invariablement un vieux jean et un sweat-shirt troué. Il était clair qu'elle était en train de sombrer dans une profonde dépression. Lorsque Pam avait proposé de la coiffer, Alice avait refusé en secouant la tête. Son apparence n'avait aucune importance.

La rentrée des classes avait eu lieu quand elle commença à ressentir de vives douleurs à l'estomac. Devant l'intensité et la fréquence des crises, elle finit par en parler à Jim, qui la regarda d'un air inquiet.

— Tu devrais aller voir le médecin sans tarder.

La disparition de Johnny leur avait fait prendre conscience de leur vulnérabilité ; ils étaient sans cesse inquiets, comme si une menace planait en permanence sur leur famille. Alice avait toujours peur pour Charlotte ; et si elle se blessait en jouant, si elle se faisait renverser par une voiture en rentrant de l'école à vélo ? La vie ne tenait qu'à un fil, ils le savaient depuis le drame.

— Je ne pense pas que ce soit grave, répondit Alice d'un ton peu convaincu.

En fait, la santé de ses enfants la préoccupait beaucoup plus que la sienne. Souffrant de violentes migraines, Charlotte avait dû rentrer plus tôt de l'école deux fois durant la semaine. Quant à Bobby, il refusait obstinément de retourner en classe et s'enfermait à double tour dans sa chambre pour empêcher sa mère de l'y emmener. Compréhensif, le principal de l'établissement qu'il fréquentait avait conseillé à Alice d'attendre encore un mois avant de prendre une décision.

Les maux d'estomac d'Alice s'aggravèrent durant les semaines qui suivirent, mais elle n'en dit rien. Elle devait être forte pour le reste de sa famille, tous comptaient sur elle, comme elle le confia à Pam. Becky n'allait pas fort non plus. Elle travaillait de nouveau à plein temps, mais s'effondrait en rentrant le soir. Elle passait ses jours de congé à pleurer, cloîtrée dans sa chambre, refusant de sortir ou de voir ses amis. En disparaissant, Johnny les avait plongés dans le désespoir.

Un mois après la rentrée des classes, Alice fut prise de violentes douleurs, en pleine nuit. Jim venait juste de se coucher. Se retenant pour ne pas hurler de douleur, elle se leva et se rua dans la salle de bains où elle se mit à vomir, secouée de spasmes. Une vague de panique la submergea lorsqu'elle aperçut du sang dans la cuvette des toilettes. Elle resta un long moment dans la salle de bains, toujours en proie à de violentes nausées. Et lorsqu'elle regagna enfin la chambre, elle tenait à peine debout. En la voyant dans cet état, Jim sortit aussitôt de sa torpeur. Le visage d'Alice avait une teinte étrangement verdâtre.

— Alice ? Que se passe-t-il, ça ne va pas ? s'écria-t-il en se redressant sur un coude.

— N-non... répondit-elle dans un souffle, avant de s'évanouir en s'affaissant lentement sur le sol.

— Alice ! Alice...

Pris de panique, Jim se précipita vers elle et téléphona aussitôt aux urgences. Le cœur battant, il leur dit que sa femme était inconsciente et qu'elle avait vomi. En l'observant, il réalisa soudain à quel point elle avait maigri. Mon Dieu, et si elle mourait, elle aussi ? Il ne pouvait imaginer la perdre, elle aussi. Tandis qu'il parlait à l'urgentiste, Alice bougea et se remit à vomir. Elle n'avait pas repris conscience, mais il vit le sang maculer le carrelage.

— Nous vous envoyons une ambulance sur-le-champ, conclut l'opérateur avant de raccrocher.

Quelques minutes plus tard, alors qu'il était agenouillé près d'elle, Jim entendit la sirène de l'ambulance dans la rue et dévala les marches quatre à quatre pour ouvrir aux médecins. Affolé, il les conduisit à l'étage. Au moment où l'équipe de secours pénétrait dans la chambre à coucher, Charlotte sortit dans le couloir, paniquée. Par chance, Bobby dormait toujours.

— Que se passe-t-il ? demanda-t-elle en rejoignant les médecins, qui étaient déjà en train d'examiner sa mère.

Affolée, elle éclata en sanglots.

— Qu'est-ce qui ne va pas, papa ?

— Je ne sais pas, avoua ce dernier en secouant la tête. Elle a vomi du sang.

Il était tellement préoccupé par l'état de santé de sa femme qu'il ne songea pas à réconforter sa fille. Pour l'instant, seul comptait le diagnostic des médecins.

— Il y a plusieurs possibilités, expliquèrent ces derniers. Nous pencherions plutôt pour un ulcère. Il faut l'hospitaliser tout de suite. Vous venez avec nous ? demandèrent-ils en plaçant Alice sur une civière.

Elle tremblait et ils l'enveloppèrent dans une couverture. Elle avait perdu beaucoup de sang en peu de temps.

— Je vous rejoins tout de suite, répondit Jim en enfilant à la hâte son pantalon, un pull et une paire de chaussures. Tout en s'habillant, il décrocha le téléphone et appela Pam. Après lui avoir brièvement expliqué la situation, il lui demanda si elle pouvait venir garder les enfants jusqu'à son retour de l'hôpital. Il aurait préféré ne pas devoir la déranger, mais elle était la seule à pouvoir lui rendre ce service.

— Pars avec Alice, répondit Pam sans hésiter. Je serai chez vous dans cinq minutes. Ne t'inquiète surtout pas pour les enfants. Becky restera à la maison avec les miens. Occupe-toi d'Alice, Jim. Ça fait déjà un moment que son état de santé me préoccupe.

Tous avaient remarqué qu'elle avait beaucoup maigri depuis la mort de Johnny mais n'avaient rien dit. Ils savaient combien elle avait du mal à reprendre goût à la vie. Les quatre mois qui venaient de s'écouler avaient été abominables.

Jim monta dans l'ambulance avec elle, sans prendre le temps de rassurer ses enfants avant de partir. En arrivant chez les Peterson, Pam trouva Charlotte recroquevillée dans le grand lit de ses parents, le visage baigné de larmes. Elle la prit dans ses bras et la berça doucement, pour tenter d'apaiser ses sanglots. Lorsque Charlotte fut calmée, elle se rendit dans la chambre de Bobby. A son grand soulagement, le petit garçon dormait comme un bébé. Après avoir préparé une tasse de lait chaud pour Charlotte, elle nettoya les taches de sang qui maculaient le sol de la chambre à coucher, puis toutes deux descendirent à la cuisine où elles parlèrent pendant des heures. Charlotte raconta à Pam la triste vie qu'ils menaient depuis la mort de Johnny ; ses parents étaient encore sous le choc : son père continuait à boire et sa mère semblait avoir perdu le goût de vivre. A croire que leur vie de famille ne serait plus jamais comme avant... Pam ne la détrompa pas. Elle lui assura toutefois que tout finirait par aller mieux. Un jour, Alice serait à nouveau capable de s'intéresser à eux. Pour le moment, elle était submergée par la peine, mais c'était une étape normale, un cap à franchir et en aucun cas une situation définitive.

Une fois que Charlotte fut retournée se coucher, Pam appela l'hôpital et demanda à parler à Jim. Les médecins et les infirmières étaient encore avec Alice. On lui avait injecté des analgésiques ainsi qu'une dose de calmants, et on l'avait transfusée. Elle avait brièvement repris connaissance avant de sombrer à nouveau. Elle avait été installée dans une chambre seule près des Soins intensifs et une infirmière restait auprès d'elle. Tant que les médecins étaient là, Jim n'avait le droit de la voir que cinq minutes toutes les demi-heures.

— De quoi souffre-t-elle, au juste ? voulut savoir Pam, alarmée par les explications décousues de Jim.

— Il semblerait qu'elle ait un ulcère et qu'il se soit ouvert. Heureusement, ils ont réussi à stopper l'hémorragie. Mais si nous ne l'avions pas emmenée d'urgence à l'hôpital, elle aurait pu mourir.

— Je sais, fit Pam d'une voix étonnamment posée. Dieu merci, tu as réagi à temps.

— Merci d'être venue garder les enfants, Pam,

murmura Jim d'un ton las. Je t'appelle dès qu'il y a du nouveau.

— N'hésite pas, surtout. Je reste près du téléphone, pour éviter de les réveiller.

— Merci, Pam, répéta-t-il une dernière fois avant de retourner auprès de sa femme.

L'infirmière lui expliqua qu'ils lui avaient administré de puissants sédatifs et qu'elle ne se réveillerait pas avant plusieurs heures. S'il le souhaitait, on pouvait lui installer un lit. Ne voulant pas la quitter, Jim accepta la proposition avec gratitude et s'endormit à l'instant où sa tête toucha l'oreiller, terrassé par la fatigue et les émotions des dernières heures.

Alice dormait déjà plus paisiblement et les vomissements avaient cessé depuis son arrivée à l'hôpital. Sa tension avait légèrement remonté ; l'infirmière continuait à venir vérifier si tout allait bien toutes les vingt minutes, mais elle n'était plus en danger de mort. Après une des visites de l'infirmière, Alice sombra de nouveau dans un profond sommeil, rempli de rêves étranges. Elle ignorait où ils l'emmenaient, mais au bout d'un moment, elle prit conscience que Johnny marchait à côté d'elle. Heureux et détendu, il se tourna vers elle, en souriant.

— Salut, maman, dit-il simplement.

Elle le retrouvait comme tous les soirs, lorsqu'il rentrait du travail après être passé chez Becky, et qu'elle l'attendait à la cuisine, prête à lui servir son dîner.

— Bonjour, mon chéri. Comment vas-tu depuis tout ce temps ?

Dans son rêve, elle lui parlait, et la mine rayonnante qu'il arborait lui faisait chaud au cœur. Elle avait l'impression d'être parfaitement réveillée, tout en sachant qu'elle dormait puisqu'elle le voyait. Elle savait aussi qu'elle ne voulait pas que son rêve s'arrête.

— Je vais très bien, maman, ne t'inquiète pas. Toi, en revanche, tu n'es pas en grande forme. Qu'est-ce que tu as fabriqué pour être malade comme ça ?

L'inquiétude assombrissait ses grands yeux bruns. Il portait une chemise bleue, un jean et sa paire de chaussures préférée. Une question incongrue traversa l'esprit d'Alice : comment avait-il réussi à les emporter avec lui ? Même dans son rêve, elle se souvenait distinctement de l'avoir chaussé et habillé différemment, lorsqu'il avait fallu le préparer pour la mise en bière.

— Tout va bien, ne t'en fais pas pour moi, répondit-elle d'un ton qu'elle voulut rassurant. Tu me manques terriblement, c'est tout.

— Je sais, maman, fit Johnny avec beaucoup de douceur. Mais ce n'est pas une raison pour te laisser aller. Charlotte est très triste, elle aussi. Quant à Bobby, n'en parlons pas...

— Je le vois bien, chéri. Mais que puis-je faire pour les aider ? Je me sens tellement impuissante !

— *Primo*, il faudrait que papa assiste aux matchs de Charlotte, même si c'est une fille. C'est une bien meilleure sportive que moi, crois-moi. Bobby, lui, ne t'écoute même plus quand tu lui parles ; il faut absolument que tu réagisses, maman, ou il risque de régresser encore plus.

Alice hocha la tête, consciente de la justesse de ses propos.

— Pourquoi n'en parles-tu pas directement à papa ? demanda-t-elle, pleine d'espoir.

Un sourire éclaira le visage de Johnny. Sous ses paupières closes, elle le voyait avec une précision déroutante et sa belle voix grave résonnait dans sa tête.

— Parce qu'il ne m'entend pas, maman. Toi seule es capable de m'entendre. Il faut que tu te remettes au plus vite, continua-t-il d'un ton empreint de gravité. Tu n'aideras personne tant que tu seras malade. Reprends des forces et retourne vite à la maison.

— Je ne veux pas rentrer à la maison, protesta Alice tandis que des larmes roulaient sur ses joues. Je m'y sens tellement malheureuse depuis que tu n'es plus là...

Il la contempla un long moment, ne sachant trop quoi lui dire. Finalement, il enroula un bras sur ses épaules et Alice essuya ses larmes.

— Je ne m'habituerai jamais à ton absence, tu comprends, expliqua-t-elle d'une voix étranglée comme si elle pouvait réussir ainsi à le convaincre de revenir.

— Mais si, tu verras, objecta Johnny. Tu es forte, maman.

Alice laissa échapper un nouveau sanglot.

— Non, c'est faux. Je ne peux pas être forte pour tout le monde : ton père, Charlotte, Bobby, moi... C'est trop, tu comprends, je n'ai plus rien à leur offrir.

— Si, tu te trompes, insista Johnny.

Tout à coup, un son étranger pénétra son rêve, comme si une autre voix s'adressait à elle. Une voix qui venait de très loin et qu'elle ne connaissait pas. Elle ouvrit les yeux à contrecœur pour voir de qui il s'agissait. L'infirmière se tenait à son chevet. En l'apercevant, elle sentit qu'elle était en train de perdre Johnny.

— Vous semblez faire des rêves bien agités, non ? remarqua l'infirmière d'un ton affable en prenant sa tension.

Le résultat la rassura. Alice allait mieux, mais pendant un moment ils avaient craint le pire.

Aussitôt après son départ, Alice ferma les yeux et se rendormit. Bientôt, elle retrouva son rêve et une onde de joie l'envahit lorsqu'elle aperçut Johnny qui semblait l'attendre, assis sur un muret, balançant les jambes comme il aimait le faire petit garçon. Il sauta à terre dès qu'il la vit, mais son visage se rembrunit lorsqu'il l'entendit.

— Johnny, je veux partir avec toi.

Cela faisait quatre mois qu'elle voulait le lui dire, sans en avoir réellement conscience, et à présent elle le pouvait, même s'il s'agissait d'un rêve. Plus que tout au monde, elle désirait rester avec lui. Elle ne pouvait plus vivre sans lui.

— Tu as perdu la tête ou quoi, maman ? s'écria Johnny d'un ton indigné. Si je comprends bien, tu n'hésiterais pas à abandonner Bobby, Charlotte et papa ? Désolé, mais c'est hors de question. Ils ont tous trop besoin de toi. Ce n'est pas moi qui prends les décisions ici, mais je peux déjà t'assurer que ta demande sera rejetée. Oublie ces bêtises, maman. Ressaisis-toi, je t'en prie.

— Je n'y arriverai pas sans toi, gémit Alice. Je ne veux plus rester sur cette terre.

— Je m'en moque, coupa Johnny d'un ton dur. Tu as encore beaucoup de choses à accomplir et moi aussi, figure-toi, conclut-il avec une sagesse d'adulte qu'elle ne lui connaissait pas.

— De quel genre de chose parles-tu ? demanda Alice, piquée dans sa curiosité.

Il haussa les épaules. Il s'était rassis sur le muret et battait de nouveau des jambes, l'air insouciant.

— Je ne sais pas. Ils ne m'ont encore rien expliqué. Mais quelque chose me dit qu'il va s'agir d'un vaste chantier, à en juger par ton attitude et ton état de santé. Pour être franc, je ne comprends pas ta réaction, maman. A ma connaissance, tu n'as jamais été du genre à baisser les bras.

Sa voix trahissait un mélange de tristesse et de déception. Elle plongea dans son regard si familier et se retint de tendre la main pour caresser son visage. Quelque chose lui soufflait que son beau rêve partirait en fumée si elle essayait de le toucher.

— Je ne supporte pas ta mort, mon chéri. C'est trop douloureux pour moi.

En entendant cet aveu, Johnny sauta à terre et vint se placer devant elle. Son beau visage s'était assombri. Quand il prit la parole, ce fut d'un ton empreint de sévérité.

— Je ne veux plus jamais t'entendre dire ça, compris ? Reprends-toi, maman.

On aurait dit un père s'adressant à son enfant !
C'était un rêve décidément bien étrange, marqué
d'une impression de réalité tout à fait étonnante,
comme s'ils se trouvaient tous les deux dans un
monde parallèle.

— D'accord, murmura-t-elle en esquissant une
moue penaude. D'accord, je vais essayer. Mais tu ne
sais pas à quel point c'est difficile de vivre sans toi.

— Si, je sais. Ce fut un choc pour moi aussi de
devoir partir si précipitamment. Pauvre Becky... Je
ne voulais pas la quitter, elle non plus.

L'infinie tristesse qui perçait dans sa voix boule-
versa sa mère.

— Elle commence à aller un petit peu mieux, dit-
elle d'un ton rassurant.

Il hocha la tête, comme s'il était au courant.

— Elle s'en remettra, même si elle l'ignore
encore. Et toi aussi, maman. Toi et Charlotte,
Bobby et papa. Essayez de faire des efforts pour
surmonter votre chagrin, et vous finirez par aller
mieux, il faut me croire. Papa pourrait assister aux
matchs de Charlotte, par exemple... Une chose est
sûre, vous ne me rendez pas la tâche facile en ce
moment, conclut-il à la fois las et inquiet.

Alice eut l'impression que les contours de sa silhouette devenaient plus flous, comme s'il était resté
suffisamment longtemps et qu'il était épuisé.

— Je suis désolée, mon cœur, je ne voulais pas te
décevoir, murmura-t-elle sur un ton d'excuse,
redoutant que le rêve s'achève.

Elle avait l'étrange sensation qu'il était en train
de disparaître et qu'elle allait se réveiller.

— Tu ne m'as jamais déçu, maman, et ça ne risque pas d'arriver maintenant. Mais tu dois d'abord te remettre et alors, nous aborderons les autres sujets.

— Quand ? demanda Alice, impatiente de le revoir.

C'était la première fois qu'elle rêvait de lui depuis qu'il était mort.

— Je viens de te le dire, maman, dès que tu iras mieux. Pour le moment, occupe-toi de ta santé et ne te fais surtout pas de souci.

— Pourquoi ?

— Parce que tu es malade... Et puis, je ne connais pas encore le contenu de ma mission, ajouta-t-il d'un ton sibyllin.

Ils marchaient à pas lents, côte à côte. Johnny semblait parfaitement vivant. Alice le regarda, intriguée par ses paroles.

— De quelle mission parles-tu ?

— Ne t'inquiète pas, maman, éluda-t-il.

— Tu vas toujours à l'école ?

— En quelque sorte, oui. Je dois peut-être gagner mes ailes, qui sait... conclut-il en riant joyeusement.

Sur ce, il l'embrassa et s'éloigna. Elle tenta de le rattraper mais fut incapable d'esquisser le moindre pas, comme si un mur s'était dressé devant elle, un mur qui l'empêchait de suivre son fils. Elle le regarda disparaître mais ne se sentit pas aussi triste qu'avant. Et lorsque l'infirmière la réveilla pour vérifier sa tension un moment plus tard, elle ouvrit les yeux en souriant. Elle venait de faire le plus beau rêve de sa vie.

— On dirait que vous allez mieux, madame Peterson, fit remarquer l'infirmière en lui rendant son sourire.

Après son départ, Alice sombra de nouveau dans un profond sommeil mais cette fois elle n'y retrouva pas Johnny. Le lendemain matin, lorsque Jim lui rendit visite avec les enfants avant de les accompagner à l'école et de partir travailler, elle faillit lui raconter son merveilleux rêve mais se retint. Elle sentit qu'elle ne devait pas en parler pour ne pas les effrayer. De toute façon, Jim n'était pas réceptif à ce genre de choses et elle soupçonnait Bobby d'avoir peur des fantômes...

Les médecins décidèrent de la garder une nuit de plus en observation. Pam passa la voir dans l'après-midi et les deux amies bavardèrent un long moment. Jim appela un peu plus tard ; il préférait rester à la maison avec les enfants, si elle n'y voyait pas d'inconvénient. Alice le rassura : elle se sentait beaucoup mieux. Cette nuit-là, elle vit de nouveau Johnny dans ses rêves. Alice appréciait cette nouvelle dimension qu'elle découvrait grâce à lui et se prenait même à souhaiter passer le restant de ses jours à dormir. Johnny était d'excellente d'humeur. Tous deux parlèrent avec animation, d'une quantité de sujets : Becky, l'école, les emplois qu'il avait trouvés au fil des ans, l'alcoolisme de son père. Tous deux savaient que Jim avait commencé à boire peu après l'accident, cinq ans plus tôt. Mais avec une fermeté et une maturité qui surprirent Alice, Johnny décréta que cela n'avait que trop duré, qu'il était grand temps que Jim cesse de boire.

— C'est plus facile à dire qu'à faire, fit-elle observer d'un ton posé. Je déteste cette situation, mais tant que Bobby s'enfermera dans son mutisme, ton père se sentira coupable et continuera à se réfugier dans l'alcool.

— Bobby reparlera un jour, quand il sera prêt, affirma Johnny. Et ce jour-là, papa n'aura plus d'excuse.

Alice le fixa d'un air stupéfait. Deux ans plus tôt, elle avait abandonné tout espoir d'entendre de nouveau le son de la voix de son cadet. Ils avaient tout fait pour tenter de le sortir de son silence, mais aucun changement, pas la moindre amélioration n'avaient été constatés.

— Qu'est-ce qui te fait dire ça ?

— Je le sais, c'est tout. Bobby retrouvera l'usage de la parole, tu verras.

— Est-ce que tu tiens ça d'une autorité disons... supérieure, ou bien essaies-tu simplement de me remonter le moral ? demanda Alice en souriant.

C'était si bon de revoir Johnny, fût-ce en rêve !

— Un peu des deux. En fait, je le sens au plus profond de mon cœur. Je l'entends toujours parler dans ma tête. Ça m'a toujours fait ça, tu sais.

— Je sais, fit tristement Alice en songeant à son cadet. Il n'y a que toi pour l'entendre, hélas.

— Tu pourrais l'entendre, toi aussi, si tu faisais un effort, objecta Johnny.

Elle réfléchit un moment, intriguée par les propos de son fils. Au fond, il y avait une part de vérité dans ce qu'il venait de lui dire : contrairement à Johnny, elle n'avait jamais réellement essayé d'écouter Bobby, de deviner ses pensées, se contentant plutôt de répondre à sa place aux questions qu'elle lui posait.

— J'essaierai en rentrant à la maison, promit-elle.

Etait-ce pour lui transmettre ce message que Johnny lui rendait visite dans son sommeil ? Ou bien étaient-ce les médicaments qu'on lui prescrivait à l'hôpital qui développaient son imaginaire ? Alors qu'ils continuaient à bavarder, elle sentit soudain que l'aube pointait. L'idée de se réveiller et de le perdre à nouveau l'emplit d'une sourde angoisse. Depuis la disparition de Johnny, elle détestait le matin. Tous les jours, elle émergeait du sommeil avec la sensation qu'un poids lui écrasait la poitrine et lorsqu'elle ouvrait les yeux, quelques instants plus tard, l'atroce réalité la frappait en plein cœur : Johnny était mort.

— Je ne veux pas te perdre à nouveau, confessat-elle à mi-voix comme Johnny ralentissait le pas. Je ne peux vraiment pas rester ici avec toi ?

— Bien sûr que non, maman. Tu n'es pas morte, voyons. Et puis, tu as encore plein de choses à faire sur terre, expliqua-t-il avec fermeté.

— Tu me manques tellement...

— Moi aussi, tu me manques, maman. Enormément. Becky me manque aussi... et Bobby, Charlotte... et papa. J'ai du mal à m'habituer à vivre sans vous. Mais ne t'inquiète pas, je vais rester dans les parages encore un bout de temps.

— C'est vrai ? fit Alice, incrédule.

Il esquissa un sourire.

— J'ai une mission à accomplir, n'oublie pas.

Elle le considéra, troublée.

— Ah bon, vraiment ? Et laquelle ?

— Je n'en sais rien. Ils ne nous disent pas grand-chose ; en fait, c'est à nous de deviner quel chemin nous devons prendre. On ne nous donne aucun détail... Tout se fait naturellement, j'imagine.

— Que veux-tu dire par là ?

— Je ne sais pas vraiment, maman. Je suis mon intuition, en quelque sorte... Et quand tout sera réglé, je m'en irai pour de bon.

C'était somme toute assez simple. Il lui suffisait de calculer le temps qu'il lui fallait pour effectuer ce qu'il devait faire.

— Je ne comprends pas, fit Alice. Et que va-t-il se passer quand je vais me réveiller ? Est-ce que je te reverrai dans mon prochain rêve ?

Sa question le fit rire... C'était le rire qu'elle avait si souvent entendu et le sourire qui lui manquait tant. C'était si doux de le revoir... si doux qu'elle n'avait aucune envie de se réveiller !

— J'ai comme l'impression que tu me verras beaucoup au cours des prochaines semaines.

— Quand ?

Alice avait besoin de réponses précises, de promesses fermes. Les deux nuits passées avaient été comme un cadeau qu'il lui aurait fait, un cadeau dont elle avait savouré chaque instant.

— Tout de suite, répondit-il d'un ton désinvolte.

— Comment ça : *tout de suite* ?

— Eh bien, là, maintenant... quand tu ouvriras les yeux.

Alice arqua un sourcil incrédule.

— Tu seras là, avec moi, quand je vais me réveiller ?

Il hocha la tête, tandis qu'elle le regardait d'un air interdit.

— Tu peux m'expliquer ?

— Il n'y a rien à expliquer. Vas-y, réveille-toi.

— Tout de suite ?

— Oui, tout de suite. Ouvre les yeux.

— Non ! Si je me réveille, tu ne seras plus là et tout ne sera plus que tristesse autour de moi. Je refuse d'ouvrir les yeux, conclut-elle d'un petit air buté.

— Je t'en prie, maman, fais-moi confiance. Réveille-toi... Ouvre les yeux.

Elle voulut lutter, mais une force irrésistible l'obligea à obéir, comme si Johnny la forçait à émerger de son sommeil. Ses paupières papillonnèrent douce-ment et elle mit quelques instants à s'habituer à la pénombre qui régnait dans la chambre. Lorsque ses yeux se furent enfin adaptés, elle aperçut Johnny assis au pied du lit, exactement tel qu'il était dans son rêve.

— Waouh, quel rêve génial ! murmura-t-elle en esquissant un sourire ravi. C'est sans doute tous ces médicaments qu'ils me donnent...

A moins qu'il s'agisse d'une hallucination...

— Non, maman, les médicaments n'y sont pour rien, objecta Johnny avec assurance. C'est bien moi que tu vois.

— Comment ça, c'est bien toi ? fit Alice en le dévisageant avec une attention redoublée.

C'était totalement incompréhensible... Elle se

sentait pourtant parfaitement réveillée. Elle ne dormait plus, c'était certain. Mais alors, que se passait-il, au juste ? Elle avait réellement l'impression que Johnny se trouvait près d'elle, en chair et en os, et qu'il lui parlait d'un ton joyeux. Non, ça ne tenait pas debout !

— Mais oui, maman, c'est moi. C'est plutôt cool, tu ne trouves pas ?

Devant l'euphorie de son fils, Alice sentit la panique l'envahir. Avait-elle perdu la raison ? Etait-il possible que le chagrin l'ait fait basculer dans la folie ?

— Je reviens pendant quelque temps, maman, mais toi seule pourras me voir, reprit-il devant son expression angoissée. C'est une sorte de pacte, si tu préfères. On m'a dit que ça arrivait souvent aux gens qui disparaissent trop brutalement, sans avoir eu le temps de préparer leur entourage. Tout ce que je sais, c'est que je dois apporter du réconfort à certaines personnes, les aider à surmonter leur peine. On ne m'a rien dit d'autre. J'imagine que c'est à moi de suivre mon instinct.

— John Peterson, intervint Alice en le toisant d'un air faussement sévère, aurais-tu pris de la drogue, là-haut ?

Elle semblait très troublée. Dans quelle expérience paranormale avait-elle été entraînée ? Une chose était sûre, en tout cas : Johnny était bel et bien là, devant elle, parfaitement à l'aise, rayonnant de joie.

— J'avoue que je ne comprends pas vraiment ce qui m'arrive, murmura-t-elle comme pour elle-même. Ce sont sans doute les médicaments...

L'instant d'après, une infirmière poussa la porte de sa chambre et Johnny disparut. C'était comme s'il n'avait jamais été là, au pied de son lit, mais cette fois, bizarrement, elle n'éprouva aucune tristesse, au contraire : elle se sentait comme revigorée.

— Comment vous sentez-vous, aujourd'hui ? demanda l'infirmière en vérifiant sa tension.

Elle bavarda encore quelques minutes, satisfaite de l'état de santé d'Alice, puis partit. Après son départ, Alice ferma les yeux et pensa de toutes ses forces à son fils. Quand elle souleva les paupières, Johnny se tenait à son chevet, un large sourire aux lèvres.

— C'est une histoire de fous, murmura-t-elle en lui rendant son sourire, mais j'en apprécie chaque instant. Où étais-tu passé ?

— Je ne peux pas rester quand d'autres personnes entrent dans la chambre, c'est la règle. Je te l'ai dit tout à l'heure, maman, je ne suis là que pour toi.

— Si seulement c'était vrai, fit Alice sans le quitter des yeux.

Elle ne comprenait pas ce qui lui arrivait et ne cherchait pas à l'expliquer. Simplement, elle se sentait très heureuse. C'était un bonheur inouï de le revoir... même si ce n'était qu'une impression.

— Je suis revenu pour toi, maman, il faut me croire. Personnellement, je trouve ça génial.

— Je t'en prie, Johnny, j'aimerais que tu m'expliques, demanda Alice d'un ton implorant.

— Je sais que ça peut paraître dingue... Moi-même, j'ai mis du temps avant d'accepter les choses.

Ils me renvoient sur terre afin que j'accomplisse une dernière mission. Je suis parti tellement vite, tu comprends, que j'ai laissé derrière moi plein de choses inachevées. Alors ils m'ont permis de revenir pour les terminer. Ce n'est pas pour moi, bien sûr, c'est pour les autres. Toi, Bobby, Charlotte... papa... Becky aussi, bien sûr... peut-être même sa maman... j'ai plein de choses à faire, mais on ne m'a encore fourni aucune explication.

Alice se redressa dans son lit, tout à fait réveillée, cette fois.

— Essaies-tu de me dire que tu reviens pour de bon ?

Un sourire éclaira le visage de Johnny.

— Pour quelque temps seulement.

— Alors c'est vrai... Tu es réellement devant moi, ici... Il ne s'agit pas d'une hallucination causée par une trop forte dose de médicaments...

— Non, maman, c'est bien plus incroyable que ça... Plus merveilleux, aussi, ajouta-t-il dans un sourire. C'est une bonne nouvelle, tu ne trouves pas ? L'idée me plaît beaucoup, en tout cas. Vous m'avez tous tellement manqué.

— Tu m'as manqué aussi, murmura Alice tandis que les larmes embuaient son regard.

Sur une impulsion, elle tendit la main vers lui et il la prit dans la sienne. Elle était douce et chaude, comme avant. Rien n'avait changé : c'était le même jeune homme rieur et séduisant, son fils aîné chéri.

— Ça veut dire que je vais te voir tout le temps, comme avant ?

— C'est à peu près ça, oui. Sauf quand je serai

occupé ailleurs. Je te l'ai dit, maman, j'ai du pain sur la planche. C'est une mission de grande envergure, semble-t-il.

— Est-ce que quelqu'un d'autre peut te voir, à part moi ?

— Non. J'aurais bien aimé que Becky puisse me voir aussi, mais ce ne serait pas une bonne idée, à leur avis. C'est une grande faveur qu'on te fait là, maman. N'hésite pas à les remercier, lorsque tu le pourras.

Alice hocha la tête, en proie à un trouble infini.

— Je n'oublierai pas, ne t'inquiète pas, dit-elle dans un souffle.

Puis, assaillie par une nouvelle vague de doute, elle demanda à mi-voix :

— Tu es sûr que j'ai toute ma tête, mon chéri ? Ils ne m'ont pas donné de psychotropes pendant mon séjour ?

— Mais non, maman, ne t'en fais pas. Pourquoi ne te reposes-tu pas un peu ? J'ai quelques bricoles à faire. Je serai là quand tu rentreras à la maison.

Il se pencha vers elle et l'embrassa. Alice sentit sa chaleur. Puis il lui sourit et disparut. Mais cette fois, elle vécut son départ avec sérénité, convaincue de ne pas l'avoir perdu. Même si elle n'était pas sûre de ce qui lui arrivait, elle avait maintenant le cœur léger, plus léger que jamais.

Allongée sur son lit d'hôpital, enveloppée de la chaleur qu'il lui avait communiquée, elle laissa ses pensées vagabonder vers son fils ; ses paroles résonnèrent dans sa tête et elle ferma les yeux, le revoyant devant elle, se remémorant le contact de sa main sur la sienne, son baiser sur sa joue. « Merci », murmura-t-elle intérieurement.

Une aide-soignante ne tarda pas à lui apporter son petit déjeuner et, pour la première fois depuis plusieurs mois, elle y fit honneur. Elle mangea son bol de céréales, une tranche de pain grillé et un œuf à la coque, le tout accompagné d'une grande tasse de café. Chaque fois qu'elle pensait à Johnny, un sourire éclairait son visage. Toute la tristesse, tout le chagrin qui l'accablaient jusqu'alors s'étaient volatilisés comme par enchantement. En fait, cela faisait des années qu'elle ne s'était pas sentie aussi heureuse, aussi épanouie. Le médecin qui s'occupait d'elle qualifia son rétablissement de « miraculeux ». Après l'avoir examinée avec la plus grande attention, il déclara qu'elle pouvait rentrer chez elle, à condition qu'elle poursuive son traitement jusqu'à la guérison complète de son ulcère.

En entendant ces mots, le visage d'Alice s'illumina. Johnny l'attendait là-bas, chez elle. Et même s'il s'avérait que tout cela n'avait été qu'un rêve, ce serait en tout cas le plus fabuleux qu'elle ait jamais fait...

4

Ce même jour, Jim vint chercher Alice à l'hôpital vers 13 heures et la ramena à la maison. D'humeur joyeuse, elle se sentait déjà mieux et avait promis au médecin de se reposer. Elle reçut la visite d'une de ses voisines dans l'après-midi et un peu plus tard, ce furent Pam et Becky qui passèrent prendre de ses nouvelles. Alice devait suivre un régime alimentaire particulier. Charlotte avait préparé le dîner. Après avoir enfilé sa robe de chambre, Alice descendit au rez-de-chaussée. Même Jim dîna avec eux, ce soir-là, et il s'attarda un peu à table, avant de s'éclipser au salon où il s'installa devant la télé avec un pack de bière. Alice aida Charlotte à laver la vaisselle et à ranger la cuisine, tandis que Bobby s'asseyait silencieusement à la table de la cuisine et les regardait. Il n'avait pas quitté sa mère des yeux depuis qu'elle était rentrée de l'hôpital. Une peur panique s'était emparée de lui quand il avait découvert qu'elle était partie et il avait cru qu'il ne la reverrait plus jamais. Lorsqu'elle monta dans sa chambre, il la suivit et s'assit au pied de son lit.

— Ne t'inquiète pas, mon chéri, je reste à la maison. Je vais bien, je t'assure.

Mais la peur emplissait toujours les grands yeux bleus de Bobby. La disparition si brutale de Johnny était encore récente pour chacun d'entre eux, et surtout pour Bobby. Au bout d'un moment, il se rapprocha d'elle et lui prit la main.

Ils restèrent ainsi, immobiles et silencieux. Finalement, Alice alla le coucher puis regagna sa chambre. Un léger bruissement se fit entendre lorsqu'elle eut refermé la porte et elle crut qu'il s'agissait de Charlotte venue lui emprunter un pull ou un accessoire pour agrémenter ses éternels jeans. Plus grande et plus mince qu'Alice, la jeune fille trouvait malgré tout son bonheur dans les affaires de sa mère.

— C'est toi, Charlie ? lança-t-elle d'un ton distrait en direction de la penderie.

Elle se dirigea vers son lit et sursauta en apercevant Johnny qui lui souriait. Il portait le même jean et la même chemise bleue que lorsqu'elle l'avait vu à l'hôpital et ses cheveux étaient impeccablement coiffés, comme le soir du bal de promotion.

— Bonsoir, maman, dit-il en s'approchant d'elle pour l'embrasser.

Il prit place au pied du lit, comme il en avait l'habitude lorsqu'il avait quelque chose à lui dire.

— Il va falloir que je m'habitue, murmura Alice une fois la surprise passée. C'est une sorte de miracle, non ?

— Oui, c'est tout à fait ça, confirma-t-il en hochant la tête sans se départir de son sourire.

— Qu'as-tu fait, aujourd'hui ? enchaîna Alice en s'adossant à ses oreillers.

Comme c'était bon de le voir ! Il était tellement beau, il respirait la jeunesse, la force et la confiance, plus encore qu'avant. Quand il était encore en vie, un léger froncement de sourcils voilait parfois ses traits, alors qu'à présent il semblait en permanence heureux. L'incongruité de sa question apparut brusquement à Alice. N'était-ce pas étrange de lui demander comment s'était passée sa journée, comme s'il faisait encore partie de ce monde ?

— Je suis allé voir Becky, répondit néanmoins Johnny. Elle est encore si triste, ajouta-t-il tandis que son visage s'assombrissait.

Il l'avait suivie pendant plusieurs heures, l'avait observée pendant qu'elle s'occupait de ses frères et sœurs et qu'elle bavardait avec sa mère.

— Elle est venue me rendre visite avec sa mère, tout à l'heure, fit Alice.

— Je sais, maman. J'étais là, moi aussi.

— Ah bon ?

Il acquiesça d'un signe de tête, visiblement plongé dans ses pensées.

— Bobby se fait beaucoup de souci pour toi, tu sais, reprit-il d'un ton empreint de gravité.

Ce fut au tour d'Alice de hocher la tête. Elle n'avait pas besoin d'entendre Bobby pour savoir ce qu'il ressentait. Il ne l'avait pas lâchée d'une semelle depuis qu'elle était rentrée de l'hôpital. A l'évidence, l'idée qu'elle puisse mourir elle aussi le terrifiait.

— Il avait peur que je ne revienne pas, dit-elle simplement. Comme toi.

— Je sais, maman. Quant à Charlotte, elle s'inquiète au sujet de papa.

Une fois de plus, Alice opina du chef. Qu'y avait-il à ajouter ? Elle aussi se faisait du souci pour son mari. Après une brève accalmie, il avait de nouveau sombré dans l'alcool et buvait encore plus depuis la mort de Johnny. Mais il n'était jamais ivre au point de ne pouvoir aller travailler le matin. Et il ne buvait jamais dans la journée. Il ne se mettait à boire qu'une fois rentré chez lui, le soir, et n'allait se coucher que totalement abruti par l'alcool. Ce n'était pas une vie. L'alcoolisme de Jim affectait chaque membre de la famille, Alice en était douloureusement consciente, mais elle se sentait en même temps terriblement impuissante face à cet état de fait. Jim refusait d'aborder le sujet avec elle et elle n'en avait encore jamais parlé à personne, se contentant de lui chercher des excuses vis-à-vis de ses enfants. Mais aucun d'eux n'était dupe et tous en connaissaient les raisons. D'abord, il y avait eu l'accident qui avait failli coûter la vie à son plus jeune fils, l'enfermant dans un mutisme apparemment irrémédiable ; maintenant, c'était son fils aîné, son préféré, qui les avait quittés. C'était plus qu'il ne pouvait en supporter. L'alcool l'empêchait de ressasser les sombres pensées qui l'obsédaient. C'était l'échappatoire idéale, pour lui.

— Que va-t-il se passer, maintenant ? demanda Alice en fixant son fils d'un air interrogateur.

La question l'avait hantée toute la journée. Et si ce qui s'était produit à l'hôpital n'avait été qu'un rêve ? C'était tellement incroyable qu'elle n'aurait jamais osé se confier à quiconque.

— Explique-moi un peu, reprit-elle, gagnée par la curiosité. Seras-tu là tout le temps ou bien feras-tu des allées et venues ?

Le plus étrange était qu'ils parlaient normalement et elle se demandait ce qui se passerait si quelqu'un les entendait.

Ils allaient devoir faire attention, sinon elle risquait de passer pour une folle, puisqu'on la verrait discourir toute seule.

— Je vais sans doute aller et venir pour remplir mes missions. J'aimerais aussi passer un peu de temps avec Becky.

Cette fois, son regard s'emplit de mélancolie. La peine de la jeune fille l'avait profondément bouleversé. Il avait pris conscience que sa disparition avait affecté de nombreux êtres chers, et c'était pourquoi il était de retour. Il avait laissé trop de souffrance, trop d'inachevé derrière lui. Et maintenant il allait devoir réparer tout cela.

Il se leva et se dirigea vers la porte.

— C'est bon d'être de retour à la maison, maman, dit-il en souriant.

— Tu ne peux pas savoir comme je suis heureuse de te revoir, mon chéri. Tu m'as tellement manqué.

— Oui... moi aussi. Je descends voir papa.

— Il peut te voir, lui aussi ? demanda Alice, incrédule.

Johnny laissa échapper un rire amusé.

— Bien sûr que non, maman. Tu plaisantes ou quoi ? Il ne s'en remettrait pas !

— C'est bien mon avis, convint Alice en riant à son tour.

— Non, je voulais juste m'assurer qu'il allait bien. Ensuite, j'irai faire un tour dans ma chambre. J'espère que tu n'as pas donné ma veste d'uniforme... ?

— Mais non, voyons ! J'ai permis à Bobby de l'essayer. Je lui ai dit que je la lui donnerais un jour et ses yeux ont pétillé de joie. Mais il devra grandir encore avant de pouvoir la porter.

La mère et le fils échangèrent un sourire.

— Charlotte voudra peut-être la porter entre-temps, suggéra-t-il gentiment, se remémorant la fierté qu'il avait eue à arborer cette veste.

— Je ne pense pas que papa autorise quiconque à la porter. Tu la trouveras dans ton armoire, comme le reste de tes affaires.

Elle n'avait rien touché, rien donné depuis son départ. Avec ses trophées, ses fanions, ses photos et ses récompenses en tous genres, la chambre de Johnny ressemblait à un sanctuaire. Elle y avait passé beaucoup de temps juste après sa mort, mais s'y rendait rarement à présent, rassurée par sa simple existence. La chambre était toujours là, comme un témoignage de ce qu'il avait été.

— Repose-toi, maman, je viendrai te voir demain matin.

Alice eut l'étrange impression d'être revenue quelques mois plus tôt, quand Johnny passait lui souhaiter bonne nuit avant d'appeler Becky puis d'aller se coucher à son tour.

— Bonne nuit, mon chéri.

Elle resta un moment assise dans son lit, toutes

ses pensées tournées vers lui. Quelques minutes plus tard, Charlotte fit son apparition. Elle avait mis du gel sur ses cheveux mouillés pour tenter de les discipliner.

— A qui parlais-tu ? demanda-t-elle en posant sur sa mère un regard intrigué. Papa était avec toi ? Bobby dormait depuis un moment déjà et la jeune fille avait entendu la voix de sa mère comme elle longeait le couloir pour regagner sa chambre. Cédant à la curiosité, elle avait décidé de passer la voir.

— J'étais au téléphone, répondit Alice sans ciller. Papa est encore au salon. Il a dû s'endormir.

— Comme d'habitude, fit observer Charlotte d'un air désapprobateur. Le père de Peggy Dougal était comme ça, lui aussi... jusqu'à ce qu'il s'adresse aux Alcooliques anonymes.

— Le père de Peggy Dougal s'est retrouvé en prison pour conduite en état d'ébriété, souligna Alice, sur la défensive. Il a perdu son travail et c'est le juge qui l'a obligé à s'inscrire aux Alcooliques anonymes. Il ne faut pas tout mélanger.

Pourtant, elle avait plusieurs fois suggéré à Jim de demander de l'aide à l'association, mais ce dernier ne voulait rien entendre et se mettait dans une colère noire. Selon lui, il n'était pas alcoolique ; il appréciait simplement de boire quelques bières en rentrant du travail, une façon comme une autre de se détendre. Et Alice ne pouvait l'obliger à y aller. La décision lui appartenait, et il n'était pas encore prêt.

— D'accord, ce n'est peut-être pas aussi grave que le père de Peggy, concéda Charlotte, mais as-tu déjà essayé d'avoir une conversation avec papa le soir, maman ? Il ne comprend même pas ce qu'on lui dit et il bute sur tous les mots...

— Je sais, mon cœur, murmura tristement Alice.

Qu'y avait-il à ajouter ? C'était la première fois que Charlotte laissait entendre que son père était alcoolique. A quoi bon le nier ? Alice s'était toujours montrée franche avec ses enfants, pourquoi en serait-il autrement à ce sujet ? Que Jim ait ou non besoin de se tourner vers les Alcooliques anonymes, il devrait d'abord surmonter la culpabilité qui continuait à le ronger concernant l'accident, puis accepter la mort de Johnny. Mais il ne semblait guère en prendre le chemin. Au contraire, au fil des jours, il leur échappait de plus en plus. Le seul enfant dont il se sentait proche n'était plus de ce monde et c'était comme si les deux autres n'existaient pas. Il ne leur parlait jamais, levait à peine les yeux sur eux. Alice se rappelait les discussions passionnées qu'il avait avec Johnny sur le sport, les matchs et les derniers résultats. Il n'avait plus personne à qui parler, désormais. Même pas elle.

— Il est tard, chérie, tu devrais aller te coucher. J'irai réveiller papa, ne t'inquiète pas.

— Ça ne te met pas en colère, maman ?

Alice secoua la tête.

— Non. Ça me rend plutôt triste.

Charlotte hocha la tête en se dirigeant lentement vers la porte.

Elle s'immobilisa au même endroit que Johnny, un moment plus tôt, la main sur la poignée.

— Ça va, maman ? Tu te sens mieux, maintenant ?

— Beaucoup mieux, oui.

Les transfusions l'avaient revigorée et les médicaments avaient calmé la douleur. Mais elle avait surtout retrouvé le sourire. Par le plus étrange des moyens, et pour des raisons qui la dépassaient, Johnny était de retour, apportant avec lui un nouveau souffle d'espoir.

5

Alice resta chez elle plusieurs jours. Elle avait promis au médecin de se reposer et en profita pour s'occuper de la maison. Désireux de l'aider, Jim déposait les enfants à l'école à sa place, le matin, et une autre maman ramenait Bobby l'après-midi. Charlotte comprenait que sa mère n'assiste pas à ses matchs de basket, cette semaine-là.

Pour le plus grand bonheur d'Alice, Johnny lui rendit souvent visite. Il alla voir aussi ses amis et son ancien lycée. Il avait passé une journée dans la classe de Charlotte et raconta à sa mère que tout se passait bien, dans l'ensemble, si ce n'est que sa sœur semblait plus intéressée par le sport que par les cours et qu'elle avait grand besoin d'être soutenue en maths.

Bobby, en revanche, l'inquiétait beaucoup plus. Il était allé le voir à l'école, lui aussi, et avait constaté qu'il restait à l'écart des autres et refusait de participer aux activités de groupe. Son repli sur lui-même était encore plus marqué qu'avant.

— Que comptes-tu faire, maman ? Je croyais qu'il aurait déjà retrouvé l'usage de la parole.

Après cinq ans de silence total, les chances que Bobby parle de nouveau semblaient pourtant minces. Et il était évident que son état avait encore empiré depuis la disparition de Johnny.

— Tout n'est pas perdu, répondit Alice avec un optimisme forcé. Un jour viendra peut-être où il aura tellement envie de nous dire quelque chose qu'il réussira à briser le silence qui l'enveloppe.

— Qu'en pense le docteur ?

Alice laissa échapper un soupir. Ne pouvant plus en discuter avec Jim, et Charlotte étant encore trop jeune, elle appréciait de pouvoir en parler avec Johnny, comme avant.

— Comme les psychothérapies qu'il a suivies n'ont rien donné, le docteur m'a conseillé de le laisser tranquille. La dernière fois que nous avons entrepris quelque chose, il s'est encore plus refermé. Sans doute est-ce trop difficile pour lui.

Parfois elle se demandait ce qu'il deviendrait si elle disparaissait. Il pourrait probablement être autonome, un jour, mais son univers resterait toujours très limité s'il ne réussissait pas à briser les murs qui l'enfermaient dans son mutisme. Jusqu'à présent, personne n'en avait trouvé la clé, ni la porte.

— Tu devrais l'emmener aux matchs de Charlotte. Il adorait assister aux miens, conseilla Johnny avec sagesse.

Alice réfléchit un instant, avant de hocher la tête. Oui, c'était une bonne idée.

— Elle était gênée par sa présence, avant, mais

elle a grandi, fit-elle observer. Je pense que ça ne lui poserait plus de problème, maintenant.

— J'espère bien, fit Johnny.

Tout en bavardant avec lui, elle avait préparé deux tartes aux pommes et il respira avec gourmandise les délicieux effluves qui s'échappaient du four. Comme il faisait mine de vouloir ouvrir la porte, sa mère le repoussa d'un air faussement sévère.

— Pourquoi en as-tu fait deux ?

— J'en apporterai une aux Adams dans l'après-midi. Ils ont été tellement gentils ! Pam a apporté plusieurs fois le dîner à ton père et aux enfants pendant que j'étais à l'hôpital. Becky et elle redoublent d'attentions pour nous depuis ta mort.

L'incongruité de ce qu'elle venait de lui dire lui apparut et elle se tut brusquement.

Elle le regarda et ils éclatèrent de rire.

— C'est complètement fou, ce qui arrive, tu ne trouves pas ? Si quelqu'un m'entendait parler ainsi, on m'enfermerait illico !

— Personne n'est là pour t'entendre et en plus, personne ne me voit... Dans ces conditions, tu ne crains pas grand-chose, la rassura Johnny.

Alice avala les vitamines que lui avait prescrites le médecin. Mais depuis le retour de Johnny, elle se sentait beaucoup mieux. Le poids du chagrin ne pesait plus sur ses épaules, c'était comme une renaissance, pour elle. Elle avait même l'impression d'avoir rajeuni de vingt ans et son visage rayonnait de sérénité. Elle regrettait simplement que personne, à part elle, ne puisse voir Johnny et bavarder avec lui.

— Comme j'aimerais leur porter la tarte à ta place, maman, fit Johnny, appuyé contre le réfrigérateur et la regardant en souriant. Malheureusement, ce genre de chose m'est impossible.

— Contentons-nous de ce beau miracle, mon chéri. A ton avis, pourquoi ont-ils décidé de te renvoyer sur terre ?

— Je ne sais pas vraiment. Je pense que c'est pour achever ce qui s'arrête quand on meurt trop brutalement en laissant tout en plan.

— Comme quoi, par exemple ?

— Toi... Papa... Bobby... Charlotte... Becky... Devant l'intensité de votre désespoir, ils ont peut-être décidé que vous aviez besoin d'aide.

— Ils ont eu raison, approuva sa mère, pleine de reconnaissance pour ce merveilleux cadeau qu'« on » lui avait offert. A ton avis, combien de temps te laisseront-ils parmi nous ?

— Le temps qu'il faudra, répondit-il, énigmatique. Ils ne me disent pas grand-chose, tu sais. C'est à moi de deviner ce que je dois faire, quelle direction je dois suivre.

Elle n'osa pas lui demander qui se cachait derrière ce mystérieux « ils ». Johnny n'avait ni ailes, ni auréole ; il ne volait pas ni ne passait à travers les murs. Il se comportait de la même manière que d'habitude, comme lorsqu'il était encore en vie, quatre mois plus tôt. Il lui tenait compagnie pendant qu'elle faisait la cuisine et venait s'asseoir au pied de son lit, le soir. Rien n'avait changé, il avait la même odeur, les mêmes expressions, les mêmes attitudes, et elle sentait sa chaleur lorsqu'elle lui effleurait la main, l'embrassait ou le prenait dans ses bras. Sa présence était le plus beau cadeau qu'elle ait jamais reçu et elle était extrêmement reconnaissante de l'avoir avec elle, aussi longtemps que cela durerait.

Johnny était en train de regarder la télévision au salon quand elle lui proposa d'aller chercher Bobby à l'école avec elle. Après une brève hésitation, le jeune homme accepta. En chemin, ils parlèrent de ses anciens camarades d'école, de la bourse qu'il avait été si fier de décrocher, de ses passe-temps préférés et de ses souvenirs d'enfance, désormais si précieux pour eux tous. Alice rit à plusieurs reprises en l'entendant évoquer les bêtises qu'il avait faites petit et les punitions qu'elle lui avait infligées. Elle souriait encore quand Bobby monta à l'arrière de la voiture. Au même instant, Johnny disparut.

— Salut, mon chéri. Tu as passé une bonne journée ?

Bobby hochait parfois la tête en guise de réponse mais cette fois, il n'en fit rien, se contentant de fixer sa mère avant de reporter son attention sur la banquette arrière, comme s'il avait senti quelque chose. Finalement, il se tourna vers la vitre et contempla le paysage d'un air absent.

En rentrant, Alice lui prépara un verre de lait et quelques cookies pour le goûter puis il monta dans sa chambre. Le téléphone ne tarda pas à sonner. C'était Pam qui l'appelait du travail, désireuse de bavarder un peu. Alice lui annonça qu'elle lui avait préparé une tarte aux pommes, et qu'elle la lui apporterait en fin d'après-midi, et Pam la remercia chaleureusement.

Lorsqu'elle partit chez les Adams, elle emmena Bobby avec elle.

Surexcités, les enfants chahutaient au salon et dans la cuisine pendant que Becky préparait le dîner. Elle était de plus en plus jolie, avec ses longs cheveux blonds ramenés en chignon au sommet de sa tête et ses pommettes empourprées alors qu'elle sauvait de justesse les hamburgers du grill. La mort de Johnny avait tout détruit. Ils auraient été si heureux s'ils s'étaient mariés. Becky n'était pas sortie une seule fois depuis quatre mois. A dix-huit ans, elle menait la même vie de solitude que sa mère. Elle aussi se sentait veuve. A part travailler et s'occuper de ses frères et sœurs, son existence était désespérément vide. Elle refusait systématiquement toutes les propositions de sortie, toutes les invitations au cinéma. Alice lui conseilla de se forcer un peu, d'essayer de sortir de temps en temps.

— Elle ne sort que pour aller travailler, se plaignit Pam, sincèrement navrée, bien qu'elle-même se comportât ainsi depuis la mort de son mari, deux ans plus tôt.

— Vous devriez sortir un peu, toutes les deux, insista Alice. On pourrait venir garder les enfants, Charlotte et moi, qu'en pensez-vous ?

Les deux amies bavardèrent encore un moment, pendant que Bobby, assis tranquillement, regardait les autres enfants. A aucun moment il ne manifesta l'envie de se joindre à eux et aucun ne le lui proposa, bien que plusieurs d'entre eux fussent à peu près de son âge. Immobile et en retrait, il était comme invisible aux yeux des autres. Un bruit sourd en provenance du salon fit se retourner Alice. Elle aperçut alors Johnny qui suivait Becky dans l'escalier. Lorsque cette dernière les rejoignit dans la cuisine un moment plus tard, Johnny était encore à son côté. Totalement inconsciente de sa présence, la jeune fille s'affaira devant la gazinière, tandis qu'Alice faisait un effort surhumain pour se concentrer sur la conversation de Pam. Son amie était en train de lui parler d'un homme qu'elle avait rencontré au travail. Les autres détails de l'histoire lui échappèrent tant son attention était tournée vers Johnny, qui, de son côté, regardait Becky badigeonner de beurre les épis de maïs qu'elle venait de cuire. Soudain, il se tourna vers sa mère et lui adressa un petit signe en souriant. Heureuse, elle lui sourit à son tour.

Elle prit congé quelques minutes plus tard, avant que les Adams passent à table. De retour à la maison, Bobby monta directement dans sa chambre. Quant à Johnny, il l'attendait dans la cuisine. Un léger sourire flottait sur ses lèvres. Alice attendit que Bobby ait refermé la porte de sa chambre pour le foudroyer du regard.

— Que fabriquais-tu là-bas ?

— La même chose que toi, maman. Je leur rendais visite. Mon Dieu, Becky est ravissante...

— Ça m'a fait tout drôle de te voir à côté d'elle, tu sais. Je n'arrivais même plus à suivre la conversation de Pam, ajouta-t-elle d'un ton accusateur.

Johnny se moqua gentiment d'elle.

— Figure-toi que je m'en suis rendu compte. Tu aurais dû voir ta tête !

— Ils ont dû me prendre pour une folle. Et ce serait encore pire si quelqu'un me surprenait en train de te parler. Nous devons être prudents, Johnny.

Il haussa les épaules avec toute la désinvolture d'un jeune homme de dix-sept ans.

— Je sais, maman, je sais.

A peine une minute plus tard, il bondit sur ses pieds et fila en direction de la chambre de Bobby. Si Alice appréciait chaque instant de l'incroyable parenthèse qu'elle était en train de vivre, il n'en demeurait pas moins que la présence de Johnny lui semblait parfois déroutante. En rentrant de son entraînement de basket, Charlotte la regarda d'un air soupçonneux.

— Comment s'est passée ta journée ? demanda Alice en s'efforçant de faire comme si de rien n'était.

— Bien, dans l'ensemble.

Elle se tut et dévisagea sa mère avec attention, avant de lui confier ce qui lui pesait sur le cœur.

— La mère de Julie Hernandez m'a dit qu'elle t'avait croisée en voiture, tout à l'heure. D'après elle, tu parlais et riais toute seule. Dis, maman, tu es sûre que tu te sens bien ? demanda-t-elle d'un ton qui trahissait son inquiétude.

La jeune fille commençait à se demander si les médicaments que prenait sa mère pour son ulcère n'avaient pas d'effets secondaires sur sa santé mentale. Elle-même l'avait entendue parler toute seule dans sa chambre, l'autre soir, même si Alice avait alors prétexté qu'elle était au téléphone.

— Je vais très bien, chérie. Je parlais à Bobby ; il s'était couché sur la banquette arrière, mentit Alice.

— D'après ce qu'elle m'a dit, elle t'a croisée alors que tu te rendais à l'école.

— Elle a dû se tromper, éluda Alice d'un ton léger.

Charlotte haussa les épaules, à demi convaincue. Elle ne reconnaissait plus sa mère depuis quelques jours. Plus gaie, plus souriante, elle prenait parfois un air bizarrement coupable, comme une petite fille qui aurait fait une bêtise. L'espace d'un horrible instant, Charlotte se demanda si sa mère ne s'était pas mise à boire, elle aussi.

— Et le basket, ça a été ? reprit Alice avec le plus grand naturel.

— Ouais... On a gagné le match.

— Tu n'es pas très enthousiaste, dis-moi, pour quelqu'un qui a gagné, fit observer Alice en fixant sa fille d'un air intrigué.

Charlotte n'avait jamais réclamé beaucoup d'attention de la part de ses parents, se contentant de vivre dans l'ombre de ses frères : son aîné, si brillant, incarnant presque la perfection, et son cadet, petit garçon à part, dont il fallait s'occuper tout particulièrement. Il eût été facile d'oublier Charlotte, coincée au milieu, et Alice, consciente de cette situation, avait toujours fait de son mieux pour compenser. Mais depuis quelque temps, Charlotte semblait s'être repliée sur elle-même et fuyait tout contact, même avec sa mère.

— Ce n'était pas un très beau match, répliqua Charlotte en haussant de nouveau les épaules.

Puis elle disparut pour aller téléphoner. Alice entreprit de préparer le dîner et Jim ne tarda pas à rentrer du bureau. Comme d'habitude, le repas se déroula dans une ambiance tendue, sans joie et le plus rapidement possible. Tous n'avaient qu'une envie : manger et s'éclipser, pressés de vaquer chacun à leurs occupations. Jim retrouva sa place sur le canapé, devant la télévision. Après avoir rangé la cuisine, Alice alla un moment au salon pour parler un peu avec son mari.

— Tout va bien au bureau ? demanda-t-elle en s'asseyant près de lui.

— Dans l'ensemble, oui, répondit-il vaguement. Et toi, comment te sens-tu ?

— En pleine forme.

— N'oublie tout de même pas de prendre tes médicaments, fit-il en se tournant vers elle.

La sollicitude qu'elle lut dans ses yeux la toucha profondément. Il était tellement rare qu'ils trouvent le temps de se parler, maintenant. Ils avaient été les meilleurs amis du monde, autrefois, puis passionnément amoureux l'un de l'autre au début de leur mariage. Mais les rêves de Jim ne s'étaient jamais réellement concrétisés : son entreprise n'avait pas décollé comme il l'aurait souhaité et il s'était mis à boire un petit peu, d'abord... un peu trop, tout de même. Puis il y avait eu l'accident et à partir de là, tout avait basculé. Il s'était enfermé dans un monde où Alice ne pouvait l'atteindre. Mais ce soir-là, pendant une fraction de seconde alors qu'il la contemplait, elle eut soudain l'impression de retrouver l'homme dont elle était tombée éperdument amoureuse, bien des années plus tôt, et qu'elle n'avait jamais cessé d'aimer.

— Je suis heureux que tu ailles mieux, tu sais. Tu m'as fait très peur. Je n'aurais pas...

Il s'interrompit, avant de reprendre d'un ton bourru :

— Le destin s'est suffisamment acharné sur nous, il me semble...

Et avant qu'elle puisse lui répondre, il se ferma à elle, reportant toute son attention sur la télévision, à nouveau inaccessible.

— Merci, Jim, murmura Alice en se penchant pour déposer un baiser sur sa joue.

Mais il fit comme s'il ne remarquait rien et ne réagit pas. Il se leva pour aller chercher une autre bière. Alice patienta quelques instants puis, comme il traînait délibérément dans la cuisine pour l'inciter à partir, elle monta à l'étage, vaincue.

Elle jeta un coup d'œil aux enfants : Bobby lançait une balle contre le mur de sa chambre et Charlotte, assise à son bureau, faisait ses devoirs. En regagnant sa propre chambre, elle entendit un léger bruit dans celle de Johnny. Elle ouvrit doucement la porte et aperçut le jeune homme qui se tenait au milieu de la pièce baignée par le clair de lune. Vêtu de sa veste favorite, il lui sourit.

— Qu'est-ce que tu fais là ? murmura Alice en refermant la porte derrière elle.

Elle n'alluma pas la lumière de peur d'attirer l'attention.

— Je regarde un peu mes affaires. J'ai retrouvé de très belles photos de Becky, elles datent de l'été dernier, tu te souviens, quand elle est venue au lac avec nous.

— Tu as aussi retrouvé ta veste, on dirait...

Il avait tellement grandi en quatre ans que les manches étaient un peu courtes et la carrure étriquée. Mais il l'aimait tellement que cela ne le dérangeait pas.

— Pourquoi ne viens-tu pas plutôt demain ? J'ai peur que quelqu'un t'entende farfouiller...

— Je parie que personne ne s'aventure jamais ici.

— Moi, si, confessa Alice d'une voix triste.

Elle parcourut la pièce du regard avant de reporter son attention sur Johnny. C'était si bon de le revoir ici.

— Comment se fait-il que tu n'aies touché à rien ? J'avais peur de ne rien retrouver... ou de tomber sur une pile de cartons où tu aurais tout rangé.

— J'en suis bien incapable, fit Alice en soutenant son regard.

— Ce serait peut-être mieux, pourtant, dit-il doucement. C'est un peu triste de tout laisser comme ça, en l'état... même si je suis heureux de retrouver ma chambre telle qu'elle était.

Alice esquissa un pâle sourire en s'asseyant sur le lit.

— Je n'aurais jamais pensé que tu reviendrais un jour. Mais de toute façon, vider ta chambre s'avère au-dessus de mes forces. J'aurais l'impression de te perdre complètement, ce serait terrible.

— Ce n'est qu'une chambre, maman, ce n'est pas moi, souligna Johnny avec sagesse. Moi, tu me portes là, ajouta-t-il en pressant sa main sur son cœur, et il en sera toujours ainsi. Tu le sais bien, pourtant.

Il s'assit à côté d'elle et l'enlaça.

— Même quand je ne serai plus là, je resterai à jamais avec toi.

— Je sais. Mais j'aime ce bric-à-brac... tes photos, tes coupes.

Son odeur flottait encore dans la pièce. Il sentait bon le savon et l'after-shave, une odeur fraîche et vivifiante qui lui faisait toujours penser à lui et imprégnait la chambre.

Ils bavardèrent encore un moment, puis Johnny raccompagna sa mère jusqu'à sa chambre. Il y faisait si bon qu'il ôta sa veste et la posa sur une chaise tout en continuant à parler d'un ton léger.

Un peu plus tard, Charlotte entra et jeta à sa mère un coup d'œil soupçonneux. Elle l'avait entendue parler et commençait réellement à s'inquiéter. Elle voulait lui emprunter un pull pour la réunion des délégués de classe du lendemain. Après son départ, Johnny gratifia sa mère d'un regard réprobateur.

— Tu devrais lui interdire de t'emprunter tes affaires, maman. Tout ce qu'elle veut, c'est impressionner les garçons de sa classe... et aussi ceux des classes supérieures. Laisse-la se débrouiller avec ses propres vêtements.

— Elle n'a qu'une mère, Johnny... Et je n'ai qu'une fille. Je ne vois aucun inconvénient à ce qu'elle m'emprunte des affaires tant qu'elle me les rend.

— Et c'est ce qu'elle fait ? fit-il en arquant un sourcil narquois.

Alice laissa échapper un rire amusé.

— Pas toujours.

— Ouvre l'œil si elle décide d'emprunter ma veste. Je ne voudrais pas qu'elle la perde.

Au bout d'un moment, il décida de repartir dans sa chambre pour se replonger dans les souvenirs de sa vie terrestre. Alice était en train d'enfiler sa chemise de nuit lorsque Jim la rejoignit. En apercevant la veste que Johnny avait laissée sur la chaise, il fronça les sourcils.

— Qu'est-ce que ça fait ici ?

— Je... je... j'avais envie de la voir, balbutia Alice en se détournant précipitamment, pour qu'il ne remarque pas son expression.

Elle était incapable de lui mentir, et il le savait toujours, les rares fois où cela arrivait.

— Tu ne devrais plus aller dans sa chambre, déclara-t-il d'un ton abrupt. Ça ne fait que raviver ton chagrin.

— Parfois, ça me fait du bien de m'asseoir un peu au milieu de toutes ses affaires, de me souvenir de lui, objecta-t-elle avec douceur.

Jim secoua la tête avant de disparaître dans la salle de bains pour enfiler son pyjama. Alice avait toujours aimé sa pudeur. Tant de choses lui plaisaient chez Jim... avant qu'il se mette à boire. Pour une raison qu'elle ne s'expliquait pas, les souvenirs des bons moments qu'ils avaient passés ensemble ressurgissaient en elle depuis ces deux derniers jours, plus vivaces que jamais. C'était comme si elle ne voyait plus l'homme qu'il était devenu, mais celui qu'il avait été.

En sortant de la salle de bains, Jim lui demanda de ranger la veste de Johnny dans son armoire, dès le lendemain.

— Ne laisse pas les enfants jouer avec, ajouta-t-il avec fermeté. Ils risqueraient de l'abîmer ou de la perdre. Tu sais à quel point Johnny y était attaché, n'est-ce pas ?

— Je sais, oui. Mais je lui ai promis de la donner à Bobby, quand il sera plus grand, ajouta-t-elle sans réfléchir.

Jim la dévisagea d'un air étonné.

— Quand lui as-tu promis ça ?

— Oh... il y a quatre ans, quand on la lui a offerte.

— Je vois, murmura Jim, apparemment satisfait de l'explication.

La simple vue des affaires de Johnny lui était devenue insupportable. A ses yeux, c'étaient autant de souvenirs d'une époque révolue, disparue à jamais. S'il en avait eu le courage, il aurait rapporté sur-le-champ la veste dans la chambre de son fils, mais c'était au-dessus de ses forces.

Etouffant un soupir, il se coucha près de son épouse et éteignit la lumière. Un profond silence enveloppait la maison. Où se trouvait Johnny, à cet instant précis ? se demanda Alice en fermant les yeux. Etait-il reparti là où il allait lorsqu'il ne bavardait pas avec elle ou était-il encore dans sa chambre, en train de fouiller dans les tiroirs de son bureau ou de passer en revue le contenu de sa penderie ? Allongée près de son mari, pensant à leur fils, elle esquissa un sourire. A sa grande surprise, Jim glissa un bras autour de sa taille. Ses gestes tendres se faisaient rares. En général, il était trop ivre pour témoigner de l'affection à sa femme, même s'ils continuaient à faire l'amour de temps en temps... de plus en plus rarement. Quand les enfants étaient au lit, Jim ronflait généralement sur le canapé du salon. Alice acceptait la situation avec un mélange de tristesse et de résignation. Les coups du destin avaient sévèrement entamé leur vie de couple, en même temps que leur vie de famille.

— Je t'en prie, Alice, promets-moi de ne plus jamais tomber malade, murmura Jim sur le même ton qu'il avait employé un peu plus tôt au salon, lorsqu'elle s'était assise à ses côtés.

Un ton débordant de sollicitude, de tendresse et d'amour, tous ces sentiments qu'il éprouvait encore pour elle, même s'il ne les formulait plus ouvertement.

— C'est promis, Jim... Ne t'inquiète pas.

Il hocha lentement la tête, puis se tourna sur le côté. Quelques instants plus tard, sa respiration devint profonde et régulière. Emue, Alice le contempla un long moment. Retrouveraient-ils un jour la vie qu'ils avaient connue ensemble ?

6

Durant les jours qui suivirent, Johnny fit la navette entre sa maison et celle des Adams. Il passait beaucoup de temps à observer Becky. Un après-midi, il rejoignit sa mère, l'air sombre.

— Où étais-tu passé ? s'enquit Alice comme n'importe quelle mère qui se fait du souci pour son fils adolescent.

Johnny ne put s'empêcher de rire.

— J'étais chez Becky. Les gamins sont déchaînés et la rendent folle.

— Et bien sûr, tu n'as pas pu lui donner de coup de main... le taquina-t-elle.

— Je l'aurais fait si j'avais pu, maman. Je n'ai pu que garder un œil sur eux pour éviter qu'ils jouent avec des allumettes et mettent le feu à la maison. C'est du boulot, tu sais. Becky n'est pas allée travailler aujourd'hui, pour aider sa mère. Deux des petits ont attrapé la grippe et n'ont pas pu aller à l'école. Ce n'est vraiment pas une vie pour Becky... elle aurait besoin de se distraire un peu. Quand j'étais là, au moins, elle sortait et

s'amusait. Alors que maintenant, elle reste cloîtrée chez elle.

— Je sais, mon chéri. Je n'arrête pas de le dire à
Pam. Elles ont toutes les deux besoin de sortir.

— Mais je ne suis pas sûr qu'elles en aient les
moyens, fit observer Johnny, la mine rembrunie.

Même s'il détestait cette idée, il savait que Becky
retrouverait le goût de vivre si elle rencontrait un
autre garçon. Elle n'avait que dix-huit ans, et elle
avait droit à mieux que la vie qu'elle menait. Malheureusement, ses responsabilités familiales étaient
aussi lourdes que celles de sa mère, et parfois plus,
puisque cette dernière devait rester plus longtemps
au travail. Il était triste que Becky ne puisse plus
s'amuser et se détendre.

— Je leur ai proposé de garder les enfants si elles
souhaitaient sortir un soir, reprit Alice. Charlotte
pourrait me donner un coup de main.

— Si tu arrives à la sortir de son cher terrain de
basket, ce dont je doute fortement, railla Johnny.
Ou bien peut-être entre la saison de basket et celle
de base-ball, on ne sait jamais. A propos, maman,
nous devrions vraiment essayer de convaincre papa
d'aller la voir jouer.

Le visage d'Alice se voila.

— C'est déjà fait, figure-toi. Il ne veut pas en
entendre parler. Tu sais aussi bien que moi ce qu'il
pense des filles qui font du sport.

Johnny se renfrogna.

— C'est complètement idiot, enfin ! Charlotte est
une véritable athlète, elle est bien meilleure que

moi ! Il le comprendrait aussitôt s'il allait la voir, ne serait-ce qu'une fois.

— Oui, mais il ne veut pas, asséna Alice.

Elle l'avait demandé des centaines de fois à Jim et il lui avait répondu qu'il ne voulait pas perdre son temps à regarder une bande de filles jouer de manière médiocre à des sports de garçons. Il était inutile d'en rediscuter avec lui, elle le savait.

— C'est dommage... pour eux deux, qui plus est, conclut Johnny d'un ton peiné.

— J'y vais, moi. C'est déjà ça, non ?

Mais ils savaient tous les deux que ce n'était pas ce que voulait Charlotte. Elle rêvait que son père s'intéresse à elle et l'admire, et il ne l'avait jamais fait. Alice s'inquiétait des conséquences que cela aurait sur elle plus tard, quand elle se pencherait sur son passé et se souviendrait que son père ne l'avait jamais vue marquer un panier, renvoyer une balle de base-ball ni gagner une coupe. Elle en avait remporté presque autant que Johnny, en plus d'une récompense spéciale pour la beauté de ses actions au cours de la dernière saison de base-ball. A plusieurs reprises, sa photo avait figuré dans la rubrique sportive du journal local. Là encore, Jim n'avait fait aucun commentaire. Si Bobby s'était illustré de la même manière, il l'aurait remarqué et n'aurait pas manqué de se vanter auprès de ses amis.

Ce jour-là, Johnny alla chercher Bobby à l'école avec Alice. Tous deux bavardèrent pendant le trajet. Bobby semblait plus gai lorsqu'il monta en voiture. Une fois installé sur la banquette arrière, il se tourna vers son frère aîné, le regarda fixement pendant quelques secondes puis se détourna vers la vitre, pendant que sa mère lui parlait d'un ton léger, indifférente à son mutisme, comme s'il allait lui répondre.

De retour à la maison, elle lui donna son goûter. Pendant ce temps, Johnny était monté directement dans sa chambre et avait enfilé sa veste. Quelques minutes plus tard, Bobby monta à son tour et Alice entreprit de préparer le dîner. Elle avait promis à Charlotte son menu préféré : du poulet frit accompagné d'une purée de pommes de terre et les beignets de courgettes dont elle raffolait.

L'adolescente arriva en fin d'après-midi et ressortit presque aussitôt pour lancer quelques ballons, exactement comme le faisait Johnny à son âge. L'air s'était rafraîchi et Alice alla chercher un pull dans sa chambre. Des voix lui parvinrent de la chambre de Bobby. Il avait mis une des cassettes de conversation qu'elle lui avait achetées quelques années plus tôt pour l'inciter à parler, mais cela n'avait jamais marché. Il continuait toutefois à les écouter, c'était déjà ça. Passant la tête dans l'entrebâillement de la porte, elle lui envoya un baiser en soufflant sur sa paume. Assis sur le rebord de la fenêtre, Johnny contemplait son jeune frère sans mot dire. Alice lui adressa un clin d'œil complice avant de regagner la cuisine. Les préparatifs du dîner étaient presque terminés lorsque Johnny la rejoignit. Il jeta un coup d'œil gourmand en direction de l'assiette de cookies. Mais même si Johnny lui paraissait tout à fait normal et présent physiquement, il lui était impossible de faire certaines choses. Manger, par exemple, savourer les cookies et les tartes aux pommes que sa mère lui préparait autrefois avec amour.

— Comment va Bobby, à ton avis ? demanda-t-elle en mettant la dernière main aux beignets.

— Bien, répondit-il simplement en se perchant sur l'un des tabourets qui longeaient le comptoir.

Il se mit à balancer les pieds de la même manière que Bobby, avec désinvolture :

— Il me voit.

— Qui donc ? fit Alice en ouvrant la porte du réfrigérateur.

— Bobby.

Alice referma la porte d'un coup sec et se tourna vers lui, frappée de stupeur.

— Comment le sais-tu ?

— Je le sais, c'est tout. Il m'a même touché, ajouta-t-il comme s'il n'y avait là rien d'extraordinaire.

— Tu l'as autorisé à te voir ? Je veux dire... Ça s'est passé comme ça, sans que tu y prêtes attention ?

— Je ne sais pas trop, en fait. Je croyais que tu étais la seule à avoir cette chance, maman. Mais Bobby aussi, fit-il sans chercher à dissimuler sa joie.

— Il n'a pas eu peur ? demanda Alice, soudain inquiète.

— Bien sûr que non, voyons. Pourquoi Bobby aurait-il peur de moi ? Avait-il l'air effrayé quand tu es montée le voir, tout à l'heure ?

— Non...

Une chose était sûre : Bobby n'en parlerait à personne, et pour cause. Etait-ce pour cette raison qu'« ils » lui permettaient de voir son frère ?

— Que lui as-tu dit ?

— La vérité : que j'étais là pour quelque temps, qu'il me faudrait repartir bientôt. Pas plus ni moins que ce que je t'ai dit à toi. Il avait l'air drôlement heureux de me voir, en tout cas. Tu ne peux pas savoir combien je l'aime, maman.

Johnny avait toujours eu une relation privilégiée avec son jeune frère. L'accident de voiture s'était produit l'été de ses treize ans et ç'avait été un choc énorme pour lui qui avait alors cru perdre son frère. A partir de ce moment-là, il avait toujours veillé à le protéger et à prendre sa défense.

— Je lui ai dit que j'avais très envie de le revoir, parce que j'étais parti sans avoir eu le temps de lui dire adieu.

Les yeux d'Alice s'emplirent de larmes en entendant les paroles de Johnny. Dieu qu'elle l'aimait ! Elle aimait chacun de ses enfants, naturellement, mais le lien qui l'unissait à son fils aîné était unique, indestructible.

— Alors c'est toi que j'ai entendu parler en montant, tout à l'heure. Je croyais que c'était une des cassettes de conversation. Fais attention que papa et Charlotte ne t'entendent pas lui parler, au cas où ils le pourraient.

Il hocha la tête. Au même instant, Bobby entra dans la cuisine. Un large sourire illumina ses traits lorsqu'il vit Johnny en compagnie de sa mère.

— C'est incroyable, n'est-ce pas, mon chéri ? murmura Alice à son plus jeune fils.

Bobby acquiesça en silence, tandis que son regard allait de l'un à l'autre, pétillant de joie.

— Mais il ne faut le dire à personne, ajouta-t-elle pour la forme. C'est notre secret. Crois-tu que toute la famille finira par te voir un jour ? demanda-t-elle à son aîné. Tu nous manques à tous, tu sais. Papa et Charlotte sont très affectés, eux aussi.

— Peut-être n'ont-ils pas autant besoin de me voir que vous deux, expliqua Johnny d'un ton peu convaincu.

A la vérité, il ignorait pourquoi les autres ne pouvaient le voir. Il aurait tout donné pour que Becky ait cette chance, elle aussi. Il savait combien elle souffrait de sa disparition.

— Je ne sais pas comment ça marche, ni pourquoi, maman. C'est comme ça et nous devons l'accepter. Les règles sont assez strictes. Je ne dois effrayer ni causer de tort à personne. Je suis uniquement là pour rendre les choses plus faciles.

— Quel genre de choses, par exemple ? demanda Alice tandis que Bobby écoutait leur conversation avec la plus grande attention.

— Je ne sais pas encore... Des situations qui ont besoin d'être dénouées, j'imagine, dit-il en haussant les épaules.

Un bruit de voiture attira l'attention d'Alice, qui jeta un coup d'œil à la fenêtre. L'instant d'après, Jim se gara dans l'allée. Charlotte s'exerçait toujours à marquer des paniers. Au grand désarroi d'Alice, Jim passa à côté de sa fille sans lui accorder le moindre regard, ni même lui dire un mot. Elle se tourna vers ses deux fils. Johnny sauta du tabouret et, prenant Bobby par la main, l'entraîna hors de la cuisine. Jim ne tarda pas à faire son apparition. Quelques instants plus tard, la porte de la chambre de Bobby se referma doucement. Alice jeta un coup d'œil à son mari qui venait de prendre une bière dans le réfrigérateur. Il semblait épuisé.

— Dure journée, chéri ?

— Pas pire que d'habitude, éluda-t-il tandis qu'elle sortait le plat du four. Comment s'est passée la tienne ? demanda-t-il d'un ton absent.

— Bien. Rien de spécial à signaler.

« J'étais en train de parler aux garçons quand tu es arrivé », eut-elle envie d'ajouter, mais elle se retint de justesse. Au lieu de ça, elle adressa un petit signe à Charlotte, toujours dehors, et monta chercher Bobby. Johnny et lui étaient assis par terre, au milieu de la chambre. Elle s'adressa à son aîné à voix basse :

— Il est temps pour toi de vaquer à tes occupations, mon chéri. Nous allons passer à table.

— Je peux vous tenir compagnie, répondit Johnny, légèrement dépité. Personne d'autre que vous ne me verrait, maman.

— Que se passerait-il si Bobby ou moi trahissions ta présence, d'une manière ou d'une autre ? Non, ce ne serait pas raisonnable.

— On vous prendrait pour des fous, tous les deux, répliqua Johnny d'un ton rieur. Ce n'est pas si grave que ça !

Bobby esquissa un de ces grands sourires qui illuminaient trop rarement son visage d'enfant. Avec le retour de Johnny, il semblait tout à coup plus expansif, beaucoup plus gai et plus ouvert.

— Bon, d'accord, reprit Johnny en recouvrant son sérieux. Je vais aller voir Becky. Je repasserai après le dîner.

Comme de son vivant, il avait repris ses navettes entre les deux maisons, encore plus disponible à présent qu'il n'avait plus ni obligations scolaires, ni emploi à mi-temps. Quelles que fussent ses « missions », il passait beaucoup de temps avec elle, Bobby et Becky, et elle en était heureuse.

Elle prit Bobby par la main et l'entraîna vers l'escalier, talonnée par Johnny. Quelques instants plus tard, ils rejoignirent Jim et Charlotte à la cuisine. L'adolescente était en train de raconter à son père le match qu'elle avait disputé l'après-midi et, pour une fois, ce dernier prêtait un peu d'attention à ce qu'elle disait. Mais cela ne dura pas longtemps, car il l'interrompit rapidement pour lui parler de la coupe que Johnny avait remportée lorsqu'il avait le même âge qu'elle.

— C'était le meilleur athlète que j'aie jamais vu, conclut-il avec fierté.

— Non, papa, c'est *elle*, la meilleure ! Tiens-le-toi pour dit ! s'écria Johnny.

Mais ni Jim ni Charlotte ne l'entendirent. Avec un soupir, Johnny adressa un petit signe à sa mère et à son jeune frère puis se dirigea vers la porte d'entrée. Bobby leva sur sa mère un regard émerveillé. C'était un vrai miracle, tous deux en étaient conscients, et le secret qu'ils partageaient les rapprochait encore plus. Comme il s'asseyait entre Charlotte et son père, elle effleura son épaule d'une tendre caresse.

La soirée se déroula sans surprise. Alice était en train de lire dans son lit quand Johnny reparut.

— Comment va Becky ? demanda-t-elle en le regardant par-dessus les lunettes qu'elle portait depuis peu pour lire.

— Elle a un rendez-vous demain soir, annonça-t-il d'un ton triomphant.

Les yeux d'Alice s'arrondirent de surprise.

— Avec qui ?

— Elle a rencontré un garçon au travail, aujourd'hui. Il prépare une licence à UCLA ; il a pris un semestre de congé pour donner un coup de main à son père. Il l'a appelée ce soir pour l'inviter à dîner.

Malgré un léger pincement au cœur, Johnny se sentait heureux pour elle. Le garçon en question s'appelait Buzz ; c'était un jeune homme séduisant, cultivé et attentionné. Son père dirigeait une chaîne de magasins de vins et spiritueux. Issu d'une famille aisée, il possédait une Mercedes. Lui aussi aimait les enfants, et avait trois frères et deux sœurs.

— Je ne sais pas s'il est suffisamment bien pour elle, reprit Johnny d'un air songeur. Mais il m'a l'air correct. Il était dans le même lycée que nous et il a reconnu Becky dès qu'il est entré dans le drugstore. Nous étions en seconde quand il était en terminale. Il a toujours eu un faible pour elle, mais il n'avait jamais osé l'inviter.

— Est-ce toi qui as arrangé tout ça ? demanda sa mère, en proie à un mélange de curiosité et d'admiration.

— Je crois, oui, avoua-t-il, pas encore sûr de ses pouvoirs. Au fait, Charlotte ne dort toujours pas. Il n'est pas un peu tard, pour elle ?

— Pas vraiment, non, répondit sa mère avec un sourire amusé. Ta sœur a quatorze ans, tu sais. Tu te couchais bien plus tard qu'elle quand tu avais son âge.

Elle venait à peine de terminer sa phrase que Jim pénétra dans la pièce. Il semblait à la fois exténué et plus sobre que les autres soirs.

— A qui parlais-tu ? demanda-t-il sans ambages.

— Oh, je... je parlais toute seule, bredouilla Alice, prise au dépourvu. Ça m'arrive quand j'ai besoin d'exprimer mes pensées à voix haute.

— Méfie-toi, la taquina Jim, les gens vont commencer à raconter de drôles de choses sur toi, si tu continues.

Elle se contenta de hocher la tête. Percevant son trouble, Johnny s'éclipsa discrètement.

— Je te trouve d'excellente humeur depuis quelques jours. Y a-t-il une raison particulière ?

— Je commence à aller mieux, c'est tout. Mon ulcère me laisse enfin tranquille.

Mais il n'y avait pas que ça, Jim le sentait bien. Elle avait l'air moins accablée par le chagrin, et puis, elle avait recommencé à leur concocter de bons petits plats et elle avait à nouveau envie de parler avec lui. Les enfants aussi semblaient en meilleure forme. Si seulement les affaires pouvaient prendre la même voie... Mais enfin, sa famille semblait sur le chemin de la guérison, et c'était l'essentiel. Bien sûr, ils n'oublieraient jamais Johnny et la vie ne serait plus jamais comme avant. Il ne se pardonnerait pas non plus l'accident qui avait plongé Bobby dans ce terrible mutisme. C'était un poids qu'il porterait à vie sur sa conscience, même s'il tentait parfois de s'en débarrasser en noyant sa détresse dans l'alcool.

A la grande surprise d'Alice, ils bavardèrent un long moment, ce soir-là. Jim avait-il réduit sa consommation d'alcool ou supportait-il mieux les doses qu'il absorbait quotidiennement ? C'était difficile à dire. Le lendemain matin, elle découvrit avec soulagement trois canettes de bière intactes sur le pack de six que Jim avait abandonné près du canapé, au salon. Elle les replaça au réfrigérateur et se retourna à l'instant où Johnny descendait l'escalier, vêtu de sa veste favorite. Il lui avait demandé de le conduire à l'école d'esthéticiennes que dirigeait Pam, ce matin-là, prétextant qu'il voulait vérifier quelque chose là-bas. N'ayant rien prévu d'autre, Alice avait accepté avec plaisir. Elle avait toujours aimé le conduire à ses multiples activités quand il était plus jeune ; ces moments étaient pour eux l'occasion de bavarder de choses et d'autres, en toute tranquillité.

— Que suis-je censée dire à Pam, au fait ? demanda Alice tandis que Johnny jouait avec les touches de la radio, à la recherche de ses morceaux de musique préférés.

— Waouh, j'adorais cette chanson ! s'exclama-t-il sans pour autant répondre à sa question.

Alice ne put s'empêcher de rire. Recouvrant son sérieux, elle lui rappela qu'elle n'était encore jamais allée voir Pam à son travail. Cette dernière risquait de trouver sa venue étrange.

— Tu n'as qu'à lui dire que tu aimerais te faire coiffer.

— D'accord, et ensuite ? Puis-je savoir pourquoi nous devons absolument nous rendre là-bas ?

— Je ne sais pas encore exactement. Il semble que je doive rencontrer quelqu'un là-bas. Cela m'a traversé l'esprit hier soir. Je t'en dirai plus quand j'en saurai plus ! conclut-il en augmentant tellement le volume de la radio qu'Alice dut se taire.

Lorsqu'elle arriva à l'école d'esthéticiennes cinq minutes plus tard, Pam l'accueillit d'un air surpris.

— Comment vas-tu ? demanda-t-elle, étonnée par l'expression radieuse de son amie.

Les médecins lui avaient-ils prescrit des anti-dépresseurs pour soigner son ulcère plus rapide-ment ? Toujours est-il qu'Alice paraissait voler sur un petit nuage, ces derniers temps, ce qui, étant donné les circonstances, ne cessait de la surprendre.

— Très bien, merci. J'avais juste envie de chan-ger de tête... de coupe de cheveux, en tout cas !

— C'est pour une occasion particulière ?

— Oh, j'avais envie d'aller déjeuner au restaurant à midi, mentit Alice en s'efforçant de paraître naturelle.

Derrière Pam, Johnny faisait le pitre avec un sèche-cheveux.

— Ne joue pas avec ça, le rabroua-t-elle dans son élan.

Pam la considéra d'un air interdit.

— Avec quoi ?

— Je veux dire... Tu n'as pas intérêt à jouer avec mes cheveux, je te préviens, bredouilla-t-elle en esquissant un sourire confus. Alors, on y va ?

— Bien sûr, Alice, si c'est ce que tu souhaites, fit Pam d'un ton apaisant, de plus en plus intriguée par le comportement étrange de son amie. Elle pria une de ses élèves de faire le shampooing, demanda à une autre de s'occuper de la coupe, puis à une troisième de se charger du brushing. Pendant tout ce temps, Johnny fit des allées et venues d'un air affairé. Quand il reparut au bout d'une heure, Alice arborait un joli carré court, très sophistiqué. Un homme le suivait de près : un représentant d'une ligne de produits capillaires qui se présenta aussitôt à Pam d'un air affable. Basé à Los Angeles, il parcourait la région pour proposer sa gamme aux instituts de beauté et aux écoles d'esthéticiennes. Vêtu d'un élégant pardessus, les cheveux bien coupés, il semblait ouvert et sympathique, et Alice le trouva extrêmement séduisant. Mais son amie ne parut pas remarquer le charme de son interlocuteur. Depuis longtemps, Pam ne s'intéressait plus aux hommes. Toujours est-il qu'elle discutait encore avec lui quand Alice prit congé. Pam avait catégoriquement refusé qu'elle règle sa coupe. Un sourire aux lèvres, elle agita la main en guise d'au revoir.

— C'est toi qui as fait ça ? demanda-t-elle à son fils dès qu'ils furent hors de vue.

Johnny afficha une expression candide.

— Quoi donc ?

— Est-ce toi qui as amené cet homme ? Ne fais pas l'innocent, Johnny, je t'en prie !

— J'ai autre chose à faire que d'arranger une rencontre pour la mère de Becky, maman, répondit-il d'un ton faussement indigné.

Alice secoua la tête, sceptique.

— Je me posais la question, c'est tout.

Lorsqu'ils récupérèrent Bobby à l'école cet après-midi-là, le petit garçon sourit en découvrant la nouvelle coupe de cheveux de sa mère. Johnny s'assit à côté de lui et mit la musique à fond dans la voiture, chantant à pleins poumons pendant que Bobby hochait la tête en cadence. La présence de son grand frère lui faisait un bien fou. Tout semblait à nouveau plein de vie et de joie. Petit, Johnny adorait faire le pitre et il n'avait pas changé. Il semblait profiter de son retour à la maison autant que sa mère et son frère. Dès qu'ils arrivèrent, il entraîna Bobby au jardin et lança quelques ballons avec lui. Charlotte ne tarda pas à rentrer, d'humeur maussade. Elle avait raté son devoir de français. Toutefois un sourire éclaira son visage lorsqu'elle vit Bobby qui essayait vaillamment de viser le panier avec son ballon de basket. Invisible à ses yeux, Johnny se tenait à quelques centimètres de là.

— Attends, je vais te montrer comment il faut faire, s'écria-t-elle en lui chipant la balle.

Elle dribbla un peu, s'immobilisa et marqua un magnifique panier d'un geste à la fois précis et élégant. Elle expliqua comment faire à son jeune frère.

— Regarde-moi ça, elle est imbattable ! s'exclama Johnny, admiratif.

Bobby se retourna vers son frère, tout sourire.

— Pourquoi regardes-tu derrière moi ? s'étonna Charlotte en fronçant les sourcils. Tu ne dois pas quitter le panier des yeux. Visualise bien l'endroit où tu veux envoyer le ballon... et cesse de regarder par-dessus mon épaule !

— Elle a raison, renchérit Johnny. Arrête de me regarder et fais comme elle te dit. Elle est bien meilleure que moi, tu peux me croire !

Par la fenêtre de la cuisine, Alice suivait la scène avec émotion, ravie de voir ses trois enfants de nouveau réunis. C'était peut-être la dernière fois qu'elle les verrait ensemble. Balayant la vague de tristesse qui montait en elle, elle s'efforça de savourer l'instant présent, pleine de gratitude. Elle était toujours dans le même état d'esprit lorsqu'une demi-heure plus tard, Jim rentra du bureau, porteur lui aussi d'une bonne nouvelle.

— Nous avons décroché deux nouveaux contrats aujourd'hui, annonça-t-il encore sous le coup de la surprise. Ce sont deux entreprises qui viennent de se monter et elles comptent sur nous pour les aider à organiser leur comptabilité. Deux gros clients qui pourraient nous donner un sacré coup de pouce, conclut-il dans un sourire.

Le visage d'Alice s'éclaira.

— C'est formidable, mon chéri !

Elle prit soudain conscience du travail accompli par Johnny en l'espace d'une journée : une rencontre peut-être providentielle pour Pam, un rendez-vous galant pour Becky... Charlotte qui semblait vouloir prendre Bobby sous son aile. Et deux nouveaux clients pour le cabinet de comptabilité de Jim. Pas si mal que ça, pour un ange gardien fraîchement diplômé !

Ce soir-là, avant de monter souhaiter une bonne nuit à Bobby, elle prit le temps de complimenter Johnny pour tout le bonheur qu'il avait semé autour de lui. Il s'apprêtait à partir, désireux d'être près de Becky pour son premier rendez-vous.

— Tout ce que j'espère, c'est que Buzz conduit mieux que moi, déclara-t-il sur un ton d'autodérision qui arracha à sa mère un cri horrifié.

— Ne dis pas ça, voyons, c'est affreux !

Un sourire penaud aux lèvres, il l'embrassa avant de disparaître. Alice s'attarda un peu dans la cuisine après son départ, plongée dans ses pensées. « Pourvu qu'il n'accomplisse pas trop vite ses missions », pria-t-elle en silence. Elle n'avait aucune envie de le voir partir.

Et Johnny ne semblait pas non plus pressé de les quitter...

7

Le premier rendez-vous de Becky avec Buzz Watson fut réussi, même si elle passa le plus clair de la soirée à parler de Johnny. Après l'avoir emmenée au cinéma, il l'invita à dîner au Joe's Diner, le restaurant préféré des lycéens, celui où ils se rendaient le soir de l'accident. Becky lui parla des années qu'elle avait vécues avec Johnny lorsqu'ils étaient tous deux lycéens. Sans qu'elle en ait conscience, ce dernier s'était assis à côté d'elle et écoutait, un sourire aux lèvres, les souvenirs qu'elle évoquait. A l'entendre, les moments qu'ils avaient passés ensemble avaient été idylliques. Une ou deux fois, il eut l'impression qu'elle le regardait mais ce n'était précisément qu'une impression. Presque à contrecœur, il fut obligé d'admettre que Buzz était un garçon charmant. A l'époque où ils étaient au lycée, il le trouvait un peu guindé, voire légèrement snob. Buzz faisait partie de ces « fils à papa » qui fréquentaient leur lycée ; son père possédait une chaîne de magasins bien implantée en Californie du Sud, sa famille partait tous les étés en Europe et il roulait toujours dans de belles voitures.

Buzz écoutait Becky avec attention. Il n'avait pas beaucoup connu Johnny, mais il avait toujours pensé que c'était un jeune homme très sympathique. Pas une seule fois il n'essaya de changer de sujet ou d'interrompre le flot de souvenirs qui coulait des lèvres de la jeune fille. A une ou deux reprises, les yeux de Becky s'embuèrent de larmes, et Buzz lui prit gentiment la main.

Sur le chemin du retour, il lui parla de ses études à UCLA. Son père était tombé malade pendant l'été, et Buzz avait retardé sa rentrée pour l'aider à gérer sa chaîne de magasins pendant sa convalescence. Il envisageait de retourner à l'université au prochain semestre. En tant qu'aîné, il avait pris l'habitude de travailler tous les étés pour son père depuis l'âge de quatorze ans, ainsi que pendant les autres vacances scolaires. Par la force des choses, le monde vinicole lui était devenu familier et il lui parla de quelques grands crus qu'il appréciait tout particulièrement, en connaisseur. Tous les ans, son père et lui passaient un mois en France, pour visiter les vignobles. A l'inverse de ses frères et sœurs qui manifestaient peu d'intérêt pour l'entreprise familiale, Buzz avait hérité de la passion de son père pour l'œnologie et la viticulture.

Il aurait fallu être aveugle pour ne pas voir que Becky lui plaisait beaucoup. La jeune fille était encore plus jolie que dans son souvenir. Il avait failli l'inviter au bal de sa promotion, quelques années plus tôt, mais n'avait pas osé à cause de Johnny. D'un ton taquin, il ajouta qu'elle ignorait jusqu'à son existence, à l'époque, tant elle était éprise de son petit ami. Sa remarque fit sourire Becky.

— C'est faux, je t'avais remarqué. Mais j'étais à mille lieues d'imaginer que tu t'intéressais à moi.

Elle avait suivi un cours de français avec lui, à une époque, mais, de trois ans son aîné, Buzz évoluait dans un autre milieu qu'elle et elle avait toujours été plutôt timide.

— De toute façon, Johnny m'aurait tué si je t'avais adressé la parole, reprit Buzz d'un ton rieur. Et puis, qui étais-je pour songer un instant rivaliser avec la star de l'équipe de football ?

Le sourire de Becky s'épanouit. A présent que Johnny n'était plus là, elle découvrait en Buzz des traits de caractère qui lui plaisaient beaucoup. En plus de son physique agréable, il possédait une grande sensibilité, un esprit ouvert et cultivé, une élégance naturelle, et semblait plus mûr que Johnny ne l'avait jamais été. A vingt et un ans, il paraissait déjà être un homme.

— J'ai passé une excellente soirée, Becky, dit-il avec douceur. Je sais combien ça doit être difficile pour toi de sortir avec un autre garçon, après tout ce temps.

Johnny avait été le seul homme de sa jeune vie, le premier, l'unique qu'elle avait jamais aimé. Mais il n'était plus de ce monde et, qu'elle le veuille ou non, elle devait continuer à avancer. Elle ne cacha pas à Buzz qu'il était encore un peu tôt pour qu'elle songe à nouer une nouvelle relation, mais elle appréciait beaucoup sa compagnie et avait, elle aussi, passé une délicieuse soirée. Aîné d'une famille de six, Buzz partageait son amour des enfants et, malgré leurs milieux sociaux différents, ils s'étaient découvert de nombreux points communs. Avant de se séparer, le jeune homme l'invita à dîner le samedi suivant.

— Ce sera avec grand plaisir, Buzz, accepta-t-elle tandis qu'il l'aidait galamment à sortir de la Mercedes que lui avait offerte son père pour son entrée à UCLA, deux ans plus tôt.

Le jeune homme envisageait de passer une maîtrise en sciences économiques avant d'enchaîner sur un troisième cycle universitaire. De son côté, Becky lui avait confié son intention de demander une bourse au printemps prochain pour poursuivre ses études. En attendant, son emploi au drugstore ne lui déplaisait pas et il lui permettait en outre d'aider sa mère à s'occuper des autres enfants. C'était tout ce qu'elle souhaitait pour le moment.

Il proposa de l'emmener dîner dans un restaurant français, dont Becky avait entendu parler sans y être jamais allée. Son amour des bons vins s'accompagnait d'un penchant pour la gastronomie française.

— Ça te dirait d'aller dîner là-bas ? demanda-t-il en la raccompagnant jusqu'à la porte d'entrée. Ou bien préfères-tu aller au cinéma et manger un hamburger après le film ? J'ai pensé que ça changerait un peu, mais c'est toi qui choisis, conclut-il en montrant que les deux possibilités lui convenaient.

Appuyé contre un arbre, Johnny suivait la conversation, tiraillé par des sentiments contradictoires. Au fond de lui, il aurait aimé pouvoir détester

Buzz mais, en même temps, il se réjouissait que le jeune homme ait envie de la gâter. Il devait reconnaître que Buzz n'avait rien du gosse de riches prétentieux et imbu de lui-même. A la vérité, il était plutôt sympathique et il était évident que Becky ne le laissait pas indifférent. Sur le perron, celle-ci se tourna vers son compagnon et le dévisagea gravement.

— Je suis désolée d'avoir tant parlé de Johnny, déclara-t-elle dans un murmure. C'est juste que... il me manque tellement. Tout me semble différent, sans lui.

— Ce n'est pas grave, fit Buzz avec douceur. Ne t'inquiète pas pour ça, Becky. Je comprends.

Elle hocha la tête, et il lui ouvrit la porte pour la laisser passer. Une minute plus tard, il ressortit de la maison et partit au volant de sa Mercedes. Johnny regarda les feux disparaître au bout de la rue, puis pivota sur ses talons et rentra chez lui.

Il trouva sa mère au lit, plongée dans son livre. Elle leva les yeux et lui sourit.

— Où étais-tu passé, ce soir ? demanda-t-elle comme elle avait l'habitude de le faire de son vivant.

— J'étais avec Becky, répondit-il avec une pointe de tristesse dans la voix.

— Tu ne m'avais pas dit qu'elle avait rendez-vous avec un garçon, ce soir ?

— Si... Il s'appelle Buzz Watson. C'est un type bien.

— Tu es resté avec eux toute la soirée ? insista sa mère, étonnée et désolée pour lui.

Elle ne trouvait pas que ce soit une bonne idée qu'il les ait accompagnés ainsi, même maintenant.

— Non. J'étais avec eux pendant le dîner, puis je suis parti faire quelques bricoles et j'ai attendu leur retour chez Becky.

— Viens t'asseoir près de moi, invita Alice en tapotant la couverture. Pourquoi t'es-tu infligé ça ?

— Je voulais juste voir s'il se comportait correctement avec elle.

— Et alors ?

— Eh bien... oui, il s'est montré très gentil, très attentionné. Il l'a écoutée parler de moi pendant tout le repas. Il l'emmène dîner Chez Jacques, samedi soir.

— Tu ne devrais pas les suivre partout comme ça, chéri. Ça doit te faire mal au cœur de la voir en compagnie d'un autre garçon. Pourquoi ne resterais-tu pas avec Bobby et moi, les soirs où ils sortiront ensemble ?

— J'avais juste envie de voir comment se passaient leurs premiers rendez-vous, expliqua Johnny avant d'esquisser un sourire penaud. C'est idiot, hein ? C'est moi qui ai arrangé leur rencontre et maintenant, je le regrette presque. Ce n'est pas facile, tu sais, maman.

— Et Pam, où en est-elle ? demanda Alice pour lui changer les idées.

Cette fois, un vrai sourire éclaira le visage de Johnny.

— Elle a rendez-vous vendredi soir avec Gavin, le représentant de Los Angeles. Il est fou d'elle !

— Tant mieux. C'est exactement ce qu'il lui faut : un homme qui prenne soin d'elle. Elle n'a rencontré personne depuis la mort de Mike. Johnny hocha la tête d'un air songeur. Il lui restait encore tant de choses à organiser, tant de missions à accomplir. Mais le rendez-vous entre Becky et Buzz l'avait profondément affecté, plus qu'il ne voulait bien l'admettre en tout cas. Etouffant un soupir, il s'efforça de se ressaisir.

— Ça va aller, maman, ne t'en fais pas pour moi. Les choses suivent leur cours. Je vais aller voir Charlotte, avant de m'en aller. Et papa, comment allait-il, ce soir ?

— Il s'est endormi devant la télé, fit Alice en haussant les épaules.

Comme il le faisait depuis longtemps. Mais Jim allait mieux depuis quelques jours, c'était indéniable. Quant à Alice, elle se sentait plus sereine. Johnny était de retour.

Durant les semaines qui suivirent, Becky et Buzz passèrent beaucoup de temps ensemble. Il l'emmena dîner dans des restaurants chics, fit la connaissance des frères et sœurs de la jeune fille, accompagna ces derniers à un match de football et offrit à sa mère plusieurs bouteilles de bons vins que Pam eut le plaisir de déguster avec son ami Gavin. Tout le monde appréciait Buzz, chez les Adams. Il ne voulait pas brusquer Becky et la seule chose qu'ils s'autorisèrent fut de se tenir la main. Elle parlait un peu moins de Johnny qu'au début. Les deux jeunes gens appréciaient beaucoup Gavin, qui, chaque week-end, venait rendre visite à Pam. Il s'entendait à merveille avec les enfants et ne cachait pas les sentiments qu'il éprouvait pour leur mère.

Un soir, Gavin, Pam, Buzz et Becky allèrent dîner tous les quatre dans un petit restaurant italien. Pour accompagner le repas, Buzz commanda un excellent vin de Napa Valley et tous passèrent un agréable moment ensemble. Ce soir-là, Johnny rentra chez lui le cœur en fête et raconta tout à sa mère dans les détails.

— Je préférerais tout de même que tu restes à la maison quand ils sortent ensemble, fit observer Alice après l'avoir écouté avec attention. Au fait, pourras-tu accompagner Bobby dans sa tournée d'Halloween ? ajouta-t-elle tout à trac.

Charlotte avait décrété qu'elle était trop vieille pour aller frapper aux portes des voisins, cette année ; elle préférait rester à la maison et distribuer des bonbons aux plus jeunes, avec quelques-unes de ses amies. Alice avait donc décidé d'accompagner Bobby dans sa tournée du voisinage. Restait encore la délicate question du déguisement. L'année passée, il avait arboré le costume de Luke Skywalker, le héros de la Guerre des Etoiles. En quoi se déguiserait-il, cette année ? En Superman, en Batman ou en Tortue Ninja ? La voix de Johnny l'arracha à ses pensées.

— J'irai avec lui, maman.

— Merci, mon grand, ça lui fera plaisir. Essaie de savoir en quoi il aimerait se déguiser, d'accord ?

Quelques jours plus tard, alors qu'Alice était montée chercher un gilet dans sa chambre, des voix en provenance de la chambre de Bobby attirèrent son attention. Un sourire joua sur ses lèvres. Bobby avait encore dû mettre une des cassettes de conversation. Elle entendit aussi Johnny parler à son jeune frère. Si Bobby ne pouvait lui répondre, au moins profitait-il de sa présence. Alors qu'elle pénétrait dans sa chambre, un rire heureux la stoppa net dans son élan. Frappée de stupeur, elle pivota sur ses talons et retourna sans bruit jusqu'à la chambre de Bobby. Au début, elle n'entendit que la voix de Johnny. La cassette ne fonctionnait plus mais, très vite, une autre voix répondit à celle de son fils aîné. Le cœur battant, elle entrouvrit la porte et jeta un coup d'œil à l'intérieur. Les deux frères étaient assis par terre, entourés de jouets. Dès qu'ils sentirent sa présence, ils levèrent sur elle des regards empreints de surprise et de culpabilité.

— Qu'est-ce que vous fabriquez, tous les deux ? lança-t-elle avec une désinvolture forcée.

Elle entra dans la chambre et referma doucement la porte derrière elle.

— Vous jouez ou vous mettez le bazar ?

Elle les dévisagea à tour de rôle, consciente qu'ils partageaient un secret, tous les deux. Les battements de son cœur s'accélérèrent encore lorsque Johnny lui adressa un sourire énigmatique.

— J'ai comme l'impression qu'il se passe quelque chose, ici, murmura-t-elle tandis que son regard allait de l'un à l'autre, intrigué.

Au bout de quelques instants, Johnny se tourna vers son jeune frère et lui murmura quelque chose à l'oreille. Bobby leva alors les yeux sur sa mère et

Alice fut soudain envahie par une intense émotion. Elle tendit la main vers lui et s'assit près d'eux. Pour une raison qui lui échappait, elle éprouvait le besoin d'être toute proche de ses fils. Les yeux embués de larmes, elle prit le visage de Bobby entre ses mains. C'était comme si elle sentait quelque chose sourdre en lui, une source qui ne demandait qu'à jaillir.

— Tu vas bien, mon chéri ? demanda-t-elle d'une voix étranglée.

Sous le regard pénétrant de son frère aîné, le petit garçon acquiesça d'un signe de tête.

— Vas-y, chuchota Johnny.

Bobby détacha les yeux de son frère pour regarder sa mère.

— Bonjour, maman, murmura-t-il simplement.

Elle l'étreignit alors si fort qu'ils en eurent tous deux le souffle coupé. Partagée entre le rire et les larmes, elle relâcha légèrement son étreinte, tendit la main vers Johnny et l'attira contre eux.

— Bonjour, Bobby... Je t'aime tant... Depuis combien de temps reparles-tu ?

— Depuis que Johnny est revenu. Il m'a dit que je devais faire un effort. On ne peut pas jouer ensemble, si je ne parle pas.

Sous le regard attendri de Johnny, Alice essuya les larmes qui baignaient son visage.

— Tu vas pouvoir parler à toute la famille, alors ? balbutia-t-elle, pleine d'espoir, imaginant déjà le bonheur immense de Jim.

A sa grande déception, Bobby secoua la tête en cherchant le regard de Johnny.

— Peut-être bientôt, maman, expliqua ce dernier. Il vaut mieux ne pas précipiter les choses. Bobby aimerait d'abord se réhabituer à parler. Il a déjà fait de gros progrès, tu sais, ajouta-t-il en ébouriffant tendrement la tignasse de son frère. Il a même prononcé un gros mot, ce matin.

Bobby gloussa au souvenir du « vilain » mot qu'il avait osé lâcher en présence de son frère – un mot qu'il lui serait interdit de répéter, même lorsqu'il aurait recommencé à parler, pour le plus grand bonheur de toute sa famille.

— On ne peut pas annoncer la bonne nouvelle à papa ? insista Alice, impatiente de voir la réaction de son époux.

— Pas encore, maman, répondit Johnny à la place de Bobby. Bientôt, je te le promets.

Elle ne voulait pas les brusquer, même si elle regrettait de ne pouvoir annoncer la nouvelle à Jim. Elle respecterait les souhaits de Johnny, s'il en avait décidé ainsi. Ils restèrent un long moment tous les trois, assis par terre, bavardant à mi-voix de manière que personne ne les entende. Finalement, un coup fut frappé à la porte et Charlotte passa la tête dans l'entrebâillement.

— Maman, tes cookies étaient en train de brûler, dit-elle sans remarquer la joie qui dansait dans les yeux de sa mère, assise sur le tapis à côté de Bobby, au milieu d'un monceau de jouets.

— Je les ai sortis du four, ajouta-t-elle avant de refermer la porte.

Après son départ, Alice se leva et embrassa tendrement ses deux fils. D'un pas léger, elle descendit ensuite à la cuisine. Une grande joie l'habitait. Comme elle avait hâte de voir la réaction de Jim lorsqu'il apprendrait l'incroyable nouvelle !

Son regard croisa souvent celui de Bobby au cours du dîner, ce soir-là, et à chaque fois, ce dernier lui adressa un sourire complice. Quels lourds secrets ils partageaient, tous les deux ! Non seulement il avait retrouvé l'usage de la parole, mais ils étaient aussi les seuls à pouvoir profiter de la présence de Johnny. Un lien encore plus solide était en train de se tisser entre eux, et Bobby resta un long moment dans la cuisine en compagnie de sa mère, après le dîner. Il ne prononça pas le moindre mot, mais elle sentit son cœur battre à l'unisson du sien alors qu'il l'aidait à débarrasser la table et à ranger la cuisine. Lorsqu'ils eurent terminé, elle l'enlaça tendrement et le serra contre sa poitrine.

— Je t'aime, Bobby, dit-elle dans un souffle.

Les petits bras de Bobby se refermèrent autour de sa taille. Quand elle le relâcha, il lui adressa un sourire rayonnant, puis monta dans sa chambre avec Johnny.

8

Cette année-là, le repas de Thanksgiving fut un moment éprouvant pour toute la famille. Alice avait beaucoup de peine pour Jim et Charlotte, en particulier. Elle aurait aimé leur révéler la présence de Johnny parmi eux. Toute la journée, celui-ci partagea son temps entre Bobby et elle. Le soir venu, il la regarda découper la dinde en faisant mine de se lécher les babines. Alice préférait s'en occuper car Jim avait déjà beaucoup bu et elle craignait qu'en lui confiant un couteau il ne réduise la volaille en charpie ou, pire, qu'il ne se blesse.

— Ça sent divinement bon, maman ! Mais dis-moi, elle est plus grosse que celle de l'année dernière, non ? fit remarquer Johnny d'un ton admiratif.

— Oui, il n'y en avait pas de plus petite, répondit Alice, en même temps qu'elle se débattait avec une cuisse puis se léchait les doigts. Attention, ne renverse rien ! ajouta-t-elle à voix haute en voyant Johnny se pencher sur la saucière.

— Que je ne renverse pas quoi ?

C'était Charlotte, l'air déconcertée, qui venait d'entrer dans la cuisine.

— La sauce... Mais je parlais à... répondit distraitement Alice, qui avait oublié que Charlotte ne pouvait voir Johnny.

Puis elle s'interrompit.

— A qui parlais-tu, maman ? demanda Charlotte, inquiète.

— A personne, ma chérie. Je réfléchissais à voix haute, c'est tout.

Charlotte semblait complètement abattue en repartant vers la salle à manger, portant le plat de pommes de terre. Visiblement, le chagrin faisait perdre la tête à sa mère et l'après-midi n'était pas terminé que son père était déjà ivre. Et puis, Johnny n'était plus là. Qu'y avait-il à fêter ? se dit-elle en repartant à la cuisine chercher la gelée de canneberges. Comme elle entrait dans la pièce, sa mère, le dos tourné, s'exclama de bonne humeur :

— Arrête ! Si tu continues à mettre tes doigts partout, je t'étripe !

Sa mère avait définitivement perdu la raison.

— Mais je croyais que tu voulais que j'apporte la gelée à table ? dit-elle.

Alice fit volte-face et devint écarlate en voyant sa fille.

— Oui... Excuse-moi... Tous ces préparatifs m'épuisent un peu, improvisa-t-elle.

— Maman, tu dois arrêter de te parler à toi-même comme ça, déclara Charlotte avec nervosité.

Cela faisait deux mois que cela durait. Et bien que Charlotte sût pertinemment que la mort de

Johnny en était la cause, la situation n'en était pas moins inquiétante. Même son père s'en était rendu compte. Il lui en avait parlé, lui révélant qu'il avait surpris Alice en pleine conversation avec elle-même à plusieurs reprises, dans leur chambre. Bien sûr, il n'en avait rien dit à sa femme.

— Tu es sûre que tout va bien, maman ? s'enquit Charlotte, la gelée de canneberges dans une main et les haricots verts dans l'autre.

— Je vais bien, chérie, je t'assure, la rassura Alice. J'apporte la dinde dans deux minutes.

Puis, une fois Charlotte sortie :

— Et toi, maintenant, va faire un tour dehors pendant que nous mangeons, murmura-t-elle à Johnny en se dirigeant vers la salle à manger avec la dinde.

— Mais, maman, je veux fêter Thanksgiving avec vous... fit Johnny, l'air déconfit.

— Si tu restes, Bobby risque de se comporter bizarrement, et moi je vais finir par commettre un faux pas, lui souffla-t-elle.

— Je promets de bien me tenir, déclara-t-il d'un ton solennel en emboîtant le pas à sa mère.

Après Noël, Thanksgiving était sa fête préférée.

Une fois tout le monde servi, Jim plongea dans son assiette, l'air absent, et Charlotte resta silencieuse. Seul Bobby souriait dès qu'il se tournait vers Johnny, qui finit par poser son index sur sa bouche pour lui demander d'éviter de le regarder. Alice ne put réprimer un petit rire.

— Qu'est-ce qui est si drôle ? bredouilla Jim, articulant avec peine.

Voir son mari dans cet état attristait Alice et les enfants. Bobby secoua la tête en l'observant, l'air navré.

— Pourquoi a-t-il fallu qu'il boive autant un jour pareil ? demanda Johnny à sa mère, de retour dans la cuisine pour découper d'autres morceaux de dinde.

— A ton avis ? soupira-t-elle en versant la sauce sur la viande. Tu lui manques. C'est dommage qu'il ne puisse pas te voir, je suis certaine que cela l'aiderait énormément. Pourquoi crois-tu qu'ils refusent de le laisser te voir, là-haut ?

— Parce qu'il ne comprendrait pas, maman, rétorqua Johnny sans hésiter.

— Tu sais, je ne suis pas bien sûre de comprendre moi non plus. Mais ce que je sais, c'est que j'adore que tu sois là ! fit-elle en l'embrassant au passage en se dirigeant vers la salle à manger avec le plat.

— Tu parles encore toute seule ? demanda Jim avec un regard inquiet.

La boisson ne l'empêchait pas de remarquer ses monologues.

— Désolée, murmura-t-elle.

Charlotte leva vers elle des yeux emplis de souffrance. Pourquoi fallait-il que ses parents se comportent de la sorte ? En plus, Thanksgiving sans Johnny était atroce. Cela parut injuste à Alice que Charlotte ne puisse le voir. Pourtant il était bien là, juste à côté d'elle, si près qu'il était difficile de croire qu'elle ne sentait rien.

— Les Adams m'ont dit qu'ils nous rejoindraient pour le dessert, annonça Alice.

— Pourquoi les as-tu invités ? dit Jim d'un ton irrité. Tout ce qu'il demandait, c'était de finir de manger tranquillement et de se mettre devant la télévision avec un verre.

— Ce sont nos amis, Jim, le rabroua Alice.

— Et alors ? Johnny est parti. Becky n'est plus sa petite amie.

Alice ne répondit rien et le repas se poursuivit dans le silence. Quand ils eurent terminé, elle débarrassa avec l'aide de Charlotte, soulagée de quitter la table, et s'affaira dans la cuisine.

— Je le déteste, dit Charlotte.

Elle déposa les plats sur le comptoir, tandis que Bobby ramenait son assiette à sa mère. Quand ils retournèrent à la salle à manger avec le dessert, la traditionnelle tarte au potiron accompagnée d'une crème fouettée maison, Jim avait déjà déserté la table.

— Tu sais bien qu'il ne peut pas s'en empêcher, Charlie, dit Alice avec douceur.

— C'est faux, personne ne l'oblige à boire autant. Il me dégoûte.

Alice avait le cœur brisé de voir sa fille si malheureuse.

— Et puis, Johnny lui manque, argua-t-elle tout en sachant pertinemment qu'il se sentait aussi coupable envers Bobby.

— Il me manque aussi, ainsi qu'à toi. Tu ne t'enivres pas pour autant, rétorqua Charlotte d'un ton sévère. Tout ce que tu fais, c'est te parler à toi-même. D'accord, c'est plutôt bizarre, mais ce qu'il fait lui, c'est écœurant.

— Ne parle pas de ton père comme ça, dit Alice d'un ton ferme.

— Et pourquoi pas ? C'est la vérité ! Papa est un ivrogne, Johnny est parti, et Bobby ne recouvrera jamais la parole...

Ses yeux s'emplissaient de larmes, à mesure qu'elle énonçait les malheurs qui les accablaient. Pourtant, tout n'était pas vrai, se disait Alice. Bobby recommençait à parler depuis peu, et Johnny, même si ce n'était que pour un temps, était revenu parmi eux. D'ailleurs, c'était à lui qu'elle parlait, pas à elle-même.

— Peut-être papa arrêtera-t-il de boire un jour, soupira-t-elle en coupant la tarte, même si personne n'avait le cœur à manger. Beaucoup de gens arrêtent, tu sais, ajouta-t-elle.

— Mais oui, bien sûr, fit Charlotte, peu convaincue, tout en plongeant un doigt dans la crème fouettée. Je le croirai quand je le verrai.

— Il a fait des progrès ces jours-ci, tenta Alice, s'efforçant d'y croire.

Mais Charlotte ne parut pas aussi optimiste.

— Pas aujourd'hui, en tout cas, répliqua-t-elle. Il n'a même pas fait l'effort d'être sobre le jour de Thanksgiving.

Tous les trois mangèrent sans gaieté leur part de tarte. Johnny occupait la chaise vide de Jim et les regardait d'un air triste. Quand Alice se leva pour débarrasser la table, la sonnette retentit, annonçant l'arrivée de Becky, accompagnée de sa mère et de ses frères et sœurs. Ils entrèrent bruyamment, tandis que Johnny n'avait d'yeux que pour la jeune fille, superbe dans une robe en velours bleu foncé, ses cheveux d'or lâchés dans le dos, exactement comme il les aimait. Alice eut un pincement au cœur en voyant le regard ébloui de son fils.

— Joyeux Thanksgiving à tous ! lança Pam en tendant à Alice une tarte aux pommes préparée le matin même. Comment s'est passé le dîner ?

— Ça a été, répondit doucement Alice.

Tandis que tous les enfants montaient à l'étage, suivis de Johnny, Alice et Pam se rendirent à la cuisine. Cette dernière voyait bien que la journée avait été éprouvante pour Alice et les siens. Et elle se souvenait parfaitement à quel point la première année après la mort de Mike avait été difficile. Toutes les fêtes avaient été dures à vivre et Thanksgiving l'était visiblement pour les Peterson. Becky, de son côté, avait pleuré pendant tout le repas, ne cessant de répéter combien Johnny lui manquait.

— Où est Jim ? s'enquit Pam.

Alice eut un mouvement de tête en direction du salon. La télévision s'entendait de la cuisine.

— Il regarde le football. Il n'est pas en très grande forme. Comme tout le monde ici, d'ailleurs.

Au moins, Bobby et elle pouvaient voir Johnny, alors que les autres ressentaient cruellement sa disparition.

— C'est particulièrement dur la première année, et ce sera pire à Noël. Essaie de t'y préparer...

Alice acquiesça.

— Et toi, comment vas-tu ?

Elle avait fait du café et elles s'en servirent une tasse lorsqu'il fut prêt.

— Ça va. Ma vie est intéressante, confia Pam avec un sourire timide aux lèvres. Je vois toujours Gavin. Je ne sais pas ce qui va se passer et où ça nous mènera, mais je l'aime beaucoup.

— Je suis heureuse pour toi, dit Alice en s'asseyant maintenant que toute la vaisselle était dans la machine.

Toutes les deux appréciaient de se confier.

— Gavin est génial avec les enfants, et avec moi aussi, reprit Pam. Je n'étais pas sortie depuis tellement longtemps. Maintenant, nous allons au restaurant tous les samedis soir. C'est très agréable d'être avec lui et ça me donne un prétexte pour m'habiller et aller chez le coiffeur. C'est sympa d'être plus qu'une maman ou le chauffeur de service, pour une fois. Et, tu sais, Gavin joue même au base-ball avec les garçons, le dimanche matin.

A ses mots, Alice se demanda si Gavin restait chez Pam, le samedi soir. Devant l'air de son amie, celle-ci précisa en riant :

— Il dort chez un ami qui habite à côté.

Elles éclatèrent de rire et continuèrent à bavarder un certain temps, tranquillement assises à la table de la cuisine. Ensuite, elles montèrent s'assurer que les enfants allaient bien.

Dans la chambre de Charlotte, les petites Adams, installées par terre ou sur le lit, discutaient de l'école et des garçons, tandis que Becky parlait de

Buzz à Charlotte. Assis au bureau de Charlotte, Johnny avait les yeux rivés sur Becky. Depuis la porte, Alice esquissa un sourire. Auparavant, rien n'aurait pu le convaincre d'assister à ce genre de réunion féminine. Mais les choses étaient différentes, désormais. Il voulait être en permanence à ses côtés et simplement la regarder. On aurait dit qu'il s'efforçait d'emmagasiner le plus possible de souvenirs d'elle.

Pam et Alice se rendirent ensuite dans la chambre de Bobby, où Peter et Mark jouaient avec une balle de base-ball. Alice leur demanda d'aller jouer dehors et Bobby leur emboîta le pas en silence. Il aimait être avec eux. En redescendant, elles aperçurent Jim qui ronflait bruyamment devant la télévision. Quatre canettes de bière vides gisaient à ses pieds.

— Comment va-t-il ? chuchota Pam tandis qu'elles se réfugiaient dans la cuisine.

Alice jeta un coup d'œil par la fenêtre et constata que Johnny avait rejoint les garçons dehors. Bobby se tenait près de lui et regardait les autres jouer au basket.

— Pas très bien, comme tu peux le voir, répondit Alice. Il y a eu du mieux pendant un moment, mais ces derniers jours ont été une horreur.

— Ce sont les fêtes. Vous risquez fort d'être comme ça jusqu'à Noël, la prévint Pam.

Alice hocha la tête, puis la conversation s'orienta vers l'école d'esthétique et Gavin. Au bout d'une heure, Pam déclara qu'il était temps pour elle de rassembler ses troupes et de rentrer, mais l'opération lui prit une demi-heure. Quand ils partirent enfin, Johnny les regarda s'éloigner du pas de la porte, avant de rentrer bavarder avec sa mère dans la cuisine.

— Tu as vu comme elle était jolie, maman ? fit remarquer Johnny. Elle a dit à Charlotte qu'elle aimait bien Buzz. J'en suis heureux pour elle.

En dépit de la sincérité de ses paroles, il était clair que ce n'était pas facile pour lui. Se détacher de Becky était ce qui lui était le plus dur, mais il savait qu'elle devait vivre sa vie sans lui désormais. Il ne pouvait rien lui offrir. Elle ne pouvait même pas le voir. Il n'avait aucun moyen de l'atteindre. Il ne pouvait que continuer à l'aimer et lui souhaiter d'être heureuse.

— Je suis sûre que tu lui manques autant qu'elle te manque, lui glissa gentiment Alice.

Elle aurait voulu ajouter que ça passerait avec le temps, mais il lui semblait que le moment était mal choisi.

— Je ferais mieux d'aller réveiller ton père, préféra-t-elle dire.

— Et moi, je vais aller voir Bobby, proposa Johnny.

Il tourna les talons mais sembla soudain se rappeler quelque chose :

— Tu vas au match de Charlotte, demain ?

Le match de basket en question était une rencontre importante.

— Je pensais qu'on irait tous ensemble, répondit Alice en éteignant la cuisine.

— Papa aussi ?

Johnny avait déjà le sourire aux lèvres. C'était une bonne nouvelle.

— Non, il travaille, dit Alice d'un ton neutre.

— Maman, rien ne l'oblige à aller travailler le lendemain de Thanksgiving, fit observer Johnny. Il pourrait très bien venir, s'il le voulait.

Il n'y avait là rien de nouveau. Leur père ne s'était jamais intéressé aux matchs de Charlotte, car il pensait que les femmes n'étaient pas bonnes en sport. Mais, selon Johnny, il se fourvoyait complètement. Charlotte était même bien plus douée que lui-même ne l'avait jamais été.

— Je lui redemanderai, promit Alice, cherchant surtout à amadouer son fils.

Une fois Johnny monté voir son frère, Alice entreprit de réveiller Jim en le secouant doucement. Au bout d'une minute, il réagit enfin.

— Quelle heure est-il ? fit-il d'une voix endormie après avoir reniflé violemment.

Il ignorait si c'était le jour ou la nuit.

— Il est dix heures passées. On monte se coucher ?

Jim fit oui de la tête et se leva d'un mouvement mal assuré. Alice, le cœur serré, regarda son mari monter les escaliers en titubant.

— J'arrive dans une minute ! lui lança-t-elle en se dirigeant vers la chambre de Bobby.

Elle le trouva allongé près de son frère, tous les deux côte à côte dans le lit. Johnny lui lisait une histoire. Ils relevèrent la tête à l'unisson et lui sourirent. Au moins, se dit-elle, en voilà deux qui ont passé un bon Thanksgiving.

— Bonne nuit, vous deux, murmura-t-elle. Je vous aime.

Elle se baissa pour les embrasser.

— Ne laisse pas ton frère veiller trop tard, recommanda-t-elle à son fils aîné.

Tout heureux, Bobby se blottit contre Johnny. Alice referma la porte derrière elle, puis traversa le couloir vers la chambre de Charlotte.

— Tout va bien, ma chérie ?

Elle s'assit sur le lit, l'air inquiet. Charlotte semblait tracassée.

— Oui... Enfin... C'est juste que ça fait bizarre d'entendre Becky parler de son nouveau petit ami. Elle semble vraiment tenir à lui.

Charlie n'en ressentait que plus cruellement l'absence de son frère.

— Mais c'est une bonne chose pour elle, avança Alice. Elle ne peut pas pleurer Johnny toute sa vie, ce ne serait pas bien. Et puis, sa maman dit que Buzz est un garçon très gentil. C'est ce que Johnny voudrait, Charlie.

Pour lui changer les idées, elle ajouta :

— Tu es prête pour demain ?

Charlotte acquiesça sans grand enthousiasme.

— Papa n'a jamais manqué un seul match de Johnny, dit-elle d'un ton neutre.

Il n'y avait là aucune accusation, simplement un constat. Pourtant, elle en avait amassé des trophées, plus que Johnny au même âge.

— Et toi, maman, tu viens ? s'enquit-elle.

— Je ne raterais ça pour rien au monde, répondit-elle en l'embrassant. Et je viendrai avec Bobby.

Charlotte se tut. Elle avait beau adorer sa mère, elle aurait tout donné pour que son père vienne la voir jouer, ne serait-ce qu'une fois. Mais elle ne comptait pas assez pour lui. Elle n'était pas Johnny. Alice ne jugea pas utile d'en parler à Jim. De toute façon, en regagnant leur chambre, elle le trouva endormi, ivre de bière et de vin. Le lendemain matin, au petit déjeuner, elle décida néanmoins d'aborder le sujet.

— Les filles ne savent pas jouer au basket, décréta-t-il en guise de réponse tout en buvant sa deuxième tasse de café. Et tu le sais très bien.

— Mais tu assistais à tous les matchs de Johnny, répliqua Alice, irritée par le ton qu'il avait employé.

— Ça n'a rien à voir.

— Ah bon ? Et pourquoi ? Parce que c'était un garçon ?

— Johnny était un grand sportif, déclara Jim d'un ton plat.

Il avait un mal de tête carabiné.

— Charlotte aussi est une grande sportive. Et Johnny disait toujours qu'elle était meilleure que lui, insista Alice.

— Il ne voulait pas la vexer, c'est tout.

— Eh bien, viens en juger par toi-même ! lança Alice sur le ton du défi.

Elle achevait sa phrase quand Bobby et Johnny pénétrèrent dans la cuisine. Bobby resta silencieux, comme d'habitude, tandis que Johnny embrassait sa mère.

— Qui plus est, renchérit-elle, le match ne commence pas avant 16 heures. Tu auras largement le temps de travailler avant. Je crois que c'est important pour elle que tu sois présent, Jim. Johnny y allait toujours. Et puis, tu es bien plus calé que moi en sport !

— Je t'en prie, Alice, ne sois pas ridicule ! Elle ne verra pas la différence, que je sois là ou non.

— Bien sûr que si, dit Alice tandis que Johnny, assis sur la table, observait son père avec attention. Je t'en prie, essaie au moins d'y réfléchir.

Elle donna son bol de céréales à Bobby, sans que Jim semble le voir. Depuis l'accident, il l'ignorait totalement. Son fils cadet était devenu pour lui aussi invisible que Johnny. Admettre sa présence silencieuse signifiait admettre sa responsabilité, et c'était au-dessus de ses forces.

— J'ai du travail à rattraper, pour mes nouveaux clients. Ça va me prendre tout le week-end.

Alice savait que les affaires de Jim allaient mieux et elle s'en réjouissait pour lui. Elle espérait que si les choses s'amélioraient dans son travail, il arrêterait peut-être la boisson ou, en tout cas, diminuerait les quantités. Certes, il avait fait des progrès depuis le retour de Johnny, mais la route était encore longue.

Il partit au travail quelques minutes plus tard, et les garçons s'éclipsèrent dehors. Elle était seule dans la cuisine quand Charlotte arriva pour prendre son petit déjeuner. Elle partit peu de temps après pour l'entraînement. Elle semblait de meilleure humeur que la veille et ne parla pas de son père. Elle ne s'attendait pas à ce qu'il vienne et Alice préféra ne rien lui dire de l'échec de sa discussion avec Jim.

Peu avant 16 heures, elle monta dans la voiture avec Bobby assis à l'avant et Johnny sur la banquette arrière.

Ce dernier était très excité et Bobby et lui n'arrêtaient pas de rire et de parler ensemble. Le visage d'Alice était radieux : ses rêves étaient devenus réalité. Après tout, peu importait que Johnny ne restât pas pour toujours, il était là, et c'était le plus beau des cadeaux.

Le trajet les mit d'excellente humeur et ils arrivèrent à l'école brûlants d'impatience que le match commence. Très vite, l'équipe de Charlotte mena. Le score était de 26 à 15 au milieu de la première période, et Bobby ne cessait de bondir sur son siège et d'applaudir sa sœur. Quand celle-ci marqua un nouveau panier, Johnny laissa exploser sa joie devant le talent de sa sœur. Puis, alors qu'ils attendaient le début de la seconde période, Alice aperçut du coin de l'œil une silhouette qui lui était familière.

Elle se tourna et vit son mari traverser la salle dans leur direction, l'air hésitant mais le sourire aux lèvres.

— Je n'en crois pas mes yeux, murmura-t-elle.

A ses côtés, Bobby resta interdit, tandis que Johnny criait victoire. Alice sentit les larmes lui monter aux yeux quand elle vit le visage rayonnant de Charlotte à la vue de son père.

— Comment as-tu fait ça ? demanda-t-elle discrètement à Johnny, juste avant l'arrivée de Jim.

— A vrai dire, je n'en sais trop rien, répondit le jeune homme. J'y ai pensé tellement fort depuis le début du match qu'il a peut-être fini par m'entendre ou par sentir quelque chose...

Johnny ignorait encore comment tout cela fonctionnait, mais il avait remarqué qu'il lui suffisait de se concentrer sur une pensée pour qu'elle se matérialise. Et quand il suggérait cette pensée à quelqu'un, ce dernier l'exécutait. C'était une sorte de pouvoir miraculeux.

Entre-temps, Jim les avait rejoints et s'était assis entre sa femme et Bobby, sans pour autant lui adresser la parole. Les yeux rivés sur Charlotte, il était totalement absorbé par son jeu. On aurait dit qu'il la voyait pour la première fois.

— Elle est sensationnelle, dit Alice fièrement.

Il approuva de la tête. Dès que la cloche retentit, elle marqua un nouveau panier. Jim la regardait sans rien dire. Deux minutes avant la fin, Charlotte exécuta un lancer extraordinaire et signa la victoire. Tous les spectateurs se levèrent pour l'applaudir. Son équipe avait littéralement terrassé ses adversaires, et ce en partie grâce aux points qu'elle avait marqués. Quand le coup de sifflet final retentit, ses équipières la portèrent sur leurs épaules. En voyant le sourire radieux de Jim, Alice ne put se rappeler la dernière fois qu'elle l'avait vu aussi heureux. Pour la toute première fois, il semblait extrêmement fier de sa fille et enfin conscient de son talent.

— Quel match ! lança-t-il à Alice, au bord des larmes.

Charlotte les rejoignit quelques minutes plus tard, tout excitée de voir son père.

— Merci d'être venu, papa, fit-elle timidement.

— Tu as fait du bon boulot, Charlie, dit-il en lui mettant un bras autour des épaules. Je suis très fier de toi !

Il avait dit ça sur un ton bourru, en la serrant un peu brusquement, tel un ours fier des progrès de son rejeton.

Une fois qu'elle se fut changée, tous la suivirent vers la sortie. Johnny la tenait lui aussi par les épaules, sauf qu'elle ne pouvait pas le voir. Pourtant, c'était bien à lui qu'elle pensait en cet instant, l'air rêveur.

— Tu sais, ton frère a gagné une coupe pour avoir joué comme toi aujourd'hui, se souvint Jim dans la voiture.

— Je crois qu'on a de bonnes chances d'aller en finale, cette année, dit Charlotte, heureuse de l'intérêt qu'il lui portait.

Tout cela était tellement nouveau pour elle. Elle était aux anges.

— Si c'est le cas, dit Jim, je te promets de venir voir ça.

Il était encore sous le coup du match qu'il venait de voir. Le talent de sa fille dépassait tout ce qu'il aurait jamais pu espérer.

Ils s'arrêtèrent en chemin pour faire des courses et, le temps d'arriver à la maison, il était déjà l'heure de préparer le dîner. Alice s'activa dans la cuisine, tandis que Bobby sortait faire quelques paniers avec sa sœur, sous le regard et les conseils de leur père. Après les avoir observés un moment, Johnny rejoignit sa mère à la cuisine.

— C'est chouette de la part de papa d'être venu, fit-il l'air satisfait.

Il savait ce que cela représentait pour Charlie, mais surtout, leur père semblait l'avoir enfin compris lui aussi, ébloui par le talent de sa fille. D'ailleurs, il parlait déjà de se rendre au prochain match.

— Je crois que tu as plus de pouvoir que tu ne le penses, chuchota-t-elle afin que personne ne l'entende. Regarde Bobby. Et papa, qui va voir Charlotte jouer. C'est presque de la magie !

Ses interventions discrètes, alliées à l'amour qu'il leur portait, transformaient leur vie à tous.

— Bobby était prêt, maman, c'est tout. Cinq ans sans parler, c'est long.

Alice ne le savait que trop bien. Jim s'était mis à boire quotidiennement quand Bobby était devenu muet.

— Quand pourra-t-on annoncer la nouvelle à papa ? s'enquit-elle.

Depuis qu'elle avait découvert le secret de Bobby, elle rêvait de le faire partager à Jim. Elle savait combien ce serait important et ce que cela signifierait pour lui.

— Pas tout de suite, répondit Johnny. Bobby n'est pas encore prêt. Mais bientôt, je pense. Le chemin comporte encore quelques petits détours.

— Qu'entends-tu par là ? demanda Alice, intriguée.

— En vérité, je n'en sais rien moi-même... Simplement, je ressens des choses. Je ne sais pas pourquoi et je ne suis jamais sûr de la manière dont elles vont se produire, je me contente d'y penser et elles se réalisent toutes seules. Mais toujours comme je l'imaginais. Pour Bobby, c'est pareil. Je sais qu'il a encore besoin de s'entraîner à parler un peu. Et aussi qu'il se prépare à tout révéler à papa.

Alice savait à quel point cela libérerait Jim de sa culpabilité, que cela changerait radicalement sa vie, et la leur par la même occasion. Elle avait hâte qu'il se décide. Mais Johnny affirmait qu'il était trop tôt pour le lui dire et elle savait qu'elle devait lui faire confiance. Son fils semblait savoir ce qu'il faisait et il ne s'était jamais trompé. Johnny voulait que Bobby gagne en confiance et ne bafouille plus en parlant. Il voulait éviter que son petit frère se sente responsable si quelque chose devait mal se passer. Pour le moment, seule leur mère pouvait partager leurs conversations.

Une demi-heure après leur retour, ils se mirent à table pour dîner. Jim commenta longuement le match et conseilla Charlotte sur la manière de renforcer son jeu. Ses remarques étaient judicieuses et impressionnèrent la jeune fille. C'était comme si une porte venait de s'ouvrir, laissant son père entrer à pas de géant dans sa vie. Il lui donnait enfin l'amour et la reconnaissance qu'elle avait toujours attendus de lui.

— Je ferai de mon mieux, papa, déclara-t-elle, radieuse, ravie de l'attention qu'il lui portait.

C'était comme s'il reprenait les discussions qu'il avait l'habitude d'avoir avec Johnny. Elle pouvait voir briller dans ses yeux un nouveau respect pour elle et la preuve de son talent. Il était forcé d'admettre qu'elle était une vraie athlète. Elle était la jeune fille la plus heureuse du monde !

Le jour suivant, en rentrant du travail, Jim proposa à Charlotte de l'emmener boire un coca. Fait inhabituel, il ne semblait pas avoir bu de la journée. Alice, le sourire aux lèvres, regarda sa fille se précipiter vers la voiture, assaillant son père de questions sur sa carrière de sportif. Jim essayait visiblement de rattraper le temps perdu. C'était tout bonnement un miracle ! Une fois la voiture partie, elle alla rejoindre Bobby et Johnny qui jouaient au basket.

Alice attendait le retour de Jim et Charlotte pour préparer le dîner. Quand elle consulta l'horloge, elle constata avec surprise qu'il était déjà plus de 19 heures. Ils étaient partis depuis environ deux heures et auraient dû être rentrés depuis longtemps. A 20 heures, la panique commença à la gagner. Et ce fut pire quand l'hôpital appela, une demi-heure plus tard. Tout allait bien, Charlotte souffrait juste d'une légère commotion.

— Que s'est-il passé ? demanda Alice, épouvantée.

La voix au bout du fil l'informa qu'ils avaient eu un accident sans gravité. Jim avait percuté un camion, mais s'en était sorti indemne ; Charlotte s'était cogné la tête au tableau de bord. Après l'avoir examinée, les médecins avaient estimé qu'elle pouvait rentrer chez elle avec son père. A peine eut-elle raccroché qu'Alice prévint Johnny. Bobby était parti faire ses devoirs dans sa chambre – il avait avalé un sandwich en guise de dîner – et ne risquait donc pas d'entendre la nouvelle quand elle l'annoncerait à son frère.

— Il avait bu ? demanda Johnny.

Alice semblait troublée.

— Je n'en sais rien. Il avait l'air bien, quand ils sont partis, répondit-elle, sincère.

Mais tous deux savaient que Jim avait très bien pu s'arrêter en route pour prendre une bière ou deux. Suffisamment pour emboutir un véhicule. A cet instant précis, elle comprit qu'elle n'en pouvait plus. Pour la seconde fois, il venait de mettre la vie d'un de ses enfants en danger. Brusquement, le risque qu'il représentait lorsqu'il buvait lui fut intolérable.

Quand Jim et Charlotte rentrèrent, deux heures plus tard, Alice était toujours en colère, à tel point qu'elle n'adressa même pas la parole à son mari. Le médecin avait prescrit du repos à la jeune fille pour quelques jours. Elle pourrait reprendre le sport la semaine suivante. Mais Alice se moquait bien du basket. Sa petite fille avait failli être tuée !

Le visage blême de Jim, quand il entra, parla de lui-même. Il ne prononça pas un mot, se servit une tasse de café, puis scruta attentivement le visage de sa femme à la recherche d'une réaction. Alice, qui venait de border Charlotte dans son lit, était livide. Johnny choisit de se retirer discrètement et de monter voir Bobby.

— Tu aurais pu la tuer, Jim ! hurla Alice.

Jim resta muet. Tous les deux ne connaissaient que trop bien les conséquences de ce genre d'accident.

— Je ne te laisserai plus conduire les enfants, si tu n'es pas capable de te contrôler, poursuivit-elle.

La fureur se lisait dans son regard.

— Soûle-toi si tu veux, déclara-t-elle encore, mais alors ne t'avise plus de monter en voiture avec eux.

Jim s'affala à la table de la cuisine, tel un homme battu. Il venait de se faire la plus grande peur de sa vie, ainsi qu'à Charlotte.

— Je sais. Tu as toutes les raisons de dire ça et de m'en vouloir.

Il repensa à Bobby, à la souffrance qu'ils vivaient tous les deux depuis cinq ans. Jim ne s'en était jamais remis, pas plus que son fils.

— Sache que si tu as un autre accident avec l'un de nos enfants, je ne te le pardonnerai jamais. Et toi non plus d'ailleurs, conclut Alice en le regardant droit dans les yeux.

Au bord des larmes, il lui tourna le dos.

— Ça va, Alice, j'ai compris. Je me sens vraiment très mal. Tout ce que tu viens de dire, je me le suis déjà dit à l'hôpital, tu sais.

Alice voyait bien qu'il était sincère.

— J'ai juste bu quelques bières avant de rentrer, tenta-t-il d'expliquer.

— Crois-moi, j'aurai bien plus de choses à te dire si jamais tu recommences. Si tu bois, ne prends pas le volant avec les enfants. Sinon, je te quitte et je les emmène avec moi.

Jamais elle ne lui avait tenu de tels propos.

— Tu es sérieuse ? répliqua Jim, terrifié par ce qu'elle venait de dire.

Quand l'hôpital avait appelé, quelque chose s'était brisé en elle.

— Ecoute, insista Jim, je t'ai dit que ça n'arriverait plus.

Alice le fixa avec dureté puis quitta la pièce sans un mot. Il l'entendit claquer la porte de leur chambre.

En montant quelques minutes plus tard, il trouva Alice déjà couchée, visiblement peu encline à discuter. Jim se glissa alors doucement sous les draps et éteignit la lumière. Alice ne dormait pas. Elle entendait Bobby et Johnny faire du bruit dans la chambre à côté mais, exténué par les émotions de la journée, Jim ne sembla rien remarquer et s'endormit aussitôt.

9

Le lendemain, une lourde tension pesait sur la maisonnée. Le petit déjeuner fut pris dans un silence total. Alice et Jim ne s'adressèrent pas la parole et Bobby resta muet, comme à l'accoutumée. Charlotte, elle, dormait encore. Une fois qu'Alice eut débarrassé la table, Jim resta planté derrière elle, essayant de rassembler son courage pour lui parler. Elle ne fit rien pour l'aider.

— Je pars travailler, dit-il comme s'il voulait susciter une réaction de la part de sa femme. Mais il n'y en eut aucune. Elle se retourna et lui fit face, toujours en silence.

— Tu vas t'en sortir avec les enfants ? Je veux dire, avec Charlotte...

Ses paroles moururent dans sa gorge devant le regard de souffrance et d'accusation mêlées que lui jeta Alice. Elle se sentait trahie.

— Bon sang, Alice, reprit Jim à bout de nerfs, je n'ai pas voulu que ça arrive !

— Tu n'avais qu'à attendre d'être rentré à la maison pour boire.

— Je sais, dit-il d'une voix étranglée. Mais je me suis laissé emballer, avec le match et tout ça... Tu vas voir, Alice, elle va vite se remettre. Je ne l'ai pas tuée.

Mais à quoi bon se défendre ? Il savait qu'il avait eu tort.

— Si tu veux mettre ta vie en péril, soit. C'est ton choix, même si je ne l'approuve pas. Mais tu n'as aucun droit de décider pour nos enfants.

Alice savait maintenant qu'elle ne pouvait plus lui faire confiance. Elle ne pouvait plus compter sur lui.

— Ça n'arrivera plus, dit-il d'une voix faible.

Il se méprisait d'avoir bouleversé ainsi sa femme et blessé sa fille.

— C'est certain, rétorqua Alice sur un ton qu'il ne lui connaissait pas. J'y veillerai personnellement.

Il ne répondit rien et partit, tandis que Johnny pénétrait dans la cuisine. L'expression de sa mère l'inquiéta.

— Je déteste que vous vous disputiez, fit-il tristement.

— Et à qui la faute ? rétorqua Alice. Il aurait pu tuer ta sœur !

— Peut-être que cette fois il retiendra la leçon, insista Johnny.

Mais Alice commençait à en douter sérieusement. Visiblement, rien n'avait changé depuis que Bobby avait failli mourir par sa faute, cinq ans plus tôt. Peut-être devait-elle accepter que l'alcoolisme de Jim faisait partie intégrante de leur existence ? C'était la première fois qu'elle envisageait les choses

sous cet angle. Elle avait toujours cru que Jim finirait par arrêter de boire. Au lieu de ça, les choses
n'avaient fait qu'empirer. Et puis ils avaient perdu
Johnny. Alice refusait de perdre un autre enfant, ou
de perdre Jim à cause de la boisson.

— Je suis désolé, maman, fit Johnny tristement.

Il avait de la peine de la voir si malheureuse.

Alice monta voir Charlotte, puis redescendit lui
préparer son petit déjeuner. Dans l'après-midi,
Pam leur rendit visite. Elle avait rendez-vous avec
Gavin ce soir-là et passait juste leur dire bonjour.
Elle fut horrifiée en apprenant ce qui était arrivé à
Charlotte.

Alice, bien qu'encore bouleversée, préféra ne pas
lui dire qu'elle avait menacé de quitter Jim. Elles
bavardèrent un moment et, quand son amie partit,
elle emmena Bobby manger une glace, puis rentra
préparer le dîner. A 19 heures, Jim n'était pas là.
Elle essaya de le joindre au bureau mais, n'obte-
nant aucune réponse, se dit qu'il était en route
pour la maison. Une heure plus tard, toujours sans
nouvelles de lui, elle commença à paniquer, s'imaginant qu'il avait une maîtresse ou qu'il avait trop
bu et n'osait pas rentrer. Jamais auparavant elle
n'aurait soupçonné son mari de la tromper mais,
une fois encore, qui savait de quoi il était capable
sous l'empire de l'alcool ? Alice sentit que son
couple s'enfonçait un peu plus.

Jim rentra sur les coups de 20 heures, l'air ner-
veux et mal à l'aise, et sembla surpris de voir Alice
et Bobby manger dans la cuisine. Elle le regarda
sans un mot et constata aussitôt qu'il était sobre.

— Je suis désolé, fit-il d'un air gêné. Je n'ai pas réalisé qu'il était si tard. Je viens de quitter le boulot, j'avais du travail à finir.

La tension dans la pièce était palpable.

— Je t'ai appelé là-bas, il y a une heure, répliqua Alice, le regard accusateur.

Elle n'avait pas décoléré depuis la veille et le retard de Jim n'arrangeait rien.

— J'ai dû m'arrêter en route. J'ai dit que j'étais désolé.

Sans rien répondre, Alice lui servit son assiette, sous le regard inquiet de Bobby. Quelque chose de terrible se passait entre ses parents. Il partit se réfugier dans sa chambre dès qu'il le put. Dès qu'il eut fini de dîner, Jim s'installa devant la télévision, mais sans son pack de bière habituel, au grand étonnement de sa femme. Johnny étant absent depuis le début de l'après-midi, Alice se retrouva donc sans personne à qui parler. Il ne réapparut qu'aux alentours de 23 heures. Son père était parti se coucher sans un mot et elle buvait une tasse de thé dans la cuisine.

— Où étais-tu passé ? lui demanda Alice comme à un adolescent qui aurait oublié l'heure.

Elle avait parfois tendance à ne plus se souvenir qu'elle n'avait plus à s'inquiéter à son sujet. Le pire s'était déjà produit.

— Je suis allé dîner avec Buzz et Becky. Il l'a emmenée dans un endroit vraiment bien, mieux que le genre de restaurant où je l'emmenais, dit Johnny avec un sourire en coin.

Alice ne put s'empêcher de rire devant l'absurdité de la situation. Rien que d'être assise là avec lui, elle sentait déjà son cœur s'alléger et la colère se dissiper.

— Es-tu censé les accompagner partout comme ça ? s'enquit-elle, amusée.

« Au moins, il ne semble pas en souffrir », se dit-elle. Au lieu d'être jaloux, il paraissait même heureux pour Becky.

— Personne n'a dit que je ne pouvais pas, répondit le jeune homme. Tu sais, maman, elle n'arrête pas de parler de moi.

— Je sais, mon chéri, dit Alice avec douceur. Elle t'aimait vraiment.

Et elle l'aimait encore, se dit Alice. Mais à quoi cela servait-il de le lui rappeler ? Il semblait de si bonne humeur depuis qu'il l'avait suivie à son rendez-vous.

— Ils ont passé un bon moment, continua Johnny. Buzz est vraiment gentil avec elle. Il essaie de la convaincre de postuler pour une bourse à l'université de Los Angeles, là où il étudie. Elle a répondu qu'elle essaierait, mais qu'elle n'était pas sûre d'y arriver. Ce serait une chance pour elle, si elle réussissait.

Alice acquiesça d'un signe de tête. Soudain, le visage de Johnny s'assombrit.

— Comment allait papa ce soir ? Vous avez fait la paix ?

— Non, pas vraiment. Il est encore rentré tard. Par contre, cette fois, il était sobre.

Alice pouvait se confier à Johnny, il était assez grand pour comprendre. Toutefois, elle préféra ne pas lui parler de ses soupçons sur l'existence d'une autre femme.

— Laisse-le souffler un peu, maman, lui conseilla Johnny. Il est aussi retourné que toi, et probablement perdu.

— Il faudrait vraiment qu'il aille aux Alcooliques anonymes, dit-elle, la voix pleine de colère et d'amertume.

— C'est peut-être ce qu'il va faire. L'accident l'a sans doute réveillé.

— C'était il y a cinq ans qu'il aurait dû se réveiller. C'est un peu tard maintenant, poursuivit Alice sur le même ton amer.

La dureté des paroles de sa mère attrista Johnny.

— Ne sois pas si dure envers lui, maman.

A ce moment-là, la porte s'ouvrit et son père entra dans la pièce. Alice avait la bouche ouverte, prête à répondre à son fils. Elle se figea. Elle croyait qu'il dormait, mais il était revenu chercher quelque chose à manger.

— Encore en train de parler toute seule ? dit-il, les traits tirés, tout en ouvrant le réfrigérateur.

Cela semblait devenir une habitude chez elle. Il l'entendait souvent d'une pièce à l'autre.

— Tu devrais voir un médecin, lança-t-il en quittant la cuisine.

Quelques minutes plus tard, Alice embrassa Johnny, lui souhaita bonne nuit et monta rejoindre Jim. Ils étaient tous les deux couchés, quand celui-ci rompit le silence.

— Comment allait Charlotte ce soir ? demanda-t-il, inquiet.

— Elle a dormi tout l'après-midi. Tu n'as qu'à

aller lui demander toi-même demain matin comment elle va, rétorqua sèchement Alice.

Jim avait soigneusement évité sa fille toute la journée, trop embarrassé pour oser lui parler. La veille, il n'avait cessé de s'excuser dans la voiture, en revenant de l'hôpital. Charlotte lui avait assuré que tout allait bien. Finalement, c'était son père qui avait été le plus secoué par cette affaire. Elle avait estimé inutile d'en rajouter et l'avait remercié une nouvelle fois pour le match et pour la sortie, ce qui avait aggravé son sentiment de culpabilité.

— Oui, c'est ce que je vais faire, reprit-il en éteignant la lumière.

Les yeux grand ouverts dans l'obscurité, il resta immobile un long moment, réfléchissant à sa vie. Alice s'était endormie depuis longtemps quand, finalement, il se tourna pour se blottir contre elle et dormir d'un sommeil profond jusqu'au matin.

Quand il entra dans la chambre de Charlotte, le lendemain, elle dormait encore. Alice était partie à l'église et Bobby était assis, seul, dans la cuisine. Il interrompit net sa discussion avec Johnny lorsqu'il entendit les pas de son père approcher.

Jim entra, se servit une tasse de café, puis prit le journal sans lui adresser la parole, comme s'il était seul dans la pièce. Johnny, assis avec eux, regardait la scène. Le visage concentré, il semblait totalement absorbé dans ses pensées. Quand Jim reposa son journal, il fixa Bobby, comme frappé par une idée.

— Ta maman va bientôt revenir, dit-il.

Il s'était adressé à son fils comme à un parfait étranger, un enfant qu'il aurait trouvé errant dans sa cuisine. Après toutes ces années, Jim ne savait plus comment lui parler. Et puis, quel intérêt de parler à quelqu'un qui ne pouvait pas répondre ? Bobby savait que c'était ce que pensait son père. Pourtant, il y avait tant de choses qu'il aurait voulu lui dire, mais il ne pouvait pas.

— Tu veux manger quelque chose ? demanda Jim.

L'expression sérieuse sur le visage du garçonnet le laissait perplexe mais, pour une fois, Jim semblait désireux de comprendre.

— Est-ce que tu as pris ton petit déjeuner ? insista-t-il.

Bobby hocha la tête. Jim laissa échapper un soupir.

— Ce n'est pas facile de parler avec toi, conclut-il.

Pour la première fois depuis longtemps, Jim se réveillait sans mal de tête. Cela faisait presque deux jours qu'il n'avait pas bu.

— Pourquoi ne réponds-tu pas ? Je suis sûr que tu pourrais, si tu le voulais.

Il aurait voulu que l'enfant réponde, mais aucun son ne sortait de sa bouche.

— Tu n'essaies même pas, continua-t-il, l'air frustré et dépité.

Johnny posa gentiment sa main sur celle de son frère pour le rassurer. Il n'avait rien à craindre de leur père, tout irait bien.

Les larmes aux yeux, Jim se leva et quitta la pièce. Sa famille s'écroulait. Bobby ne bougea pas de sa chaise. Au bout d'un certain temps, il se leva et monta dans la chambre de Johnny. Celui-ci l'accompagna et ils restèrent là, à chuchoter, pendant un bon moment. Malheureusement, Bobby fit tomber quelque chose par terre, ce qui alerta son père.

— Que fais-tu ici ? gronda Jim d'un ton sévère en ouvrant la porte. Tu n'as rien à faire là, file dans ta chambre.

La chambre de Johnny était devenue pour lui un sanctuaire. Rien ne devait y être touché ni déplacé. Les yeux de Bobby s'emplirent de larmes. Son frère s'approcha et lui murmura à l'oreille qu'il était là et qu'il ne devait pas avoir peur.

Docile, le petit garçon sortit en silence. Une fois seul, Jim entra avec précaution dans la pièce. Tout était propre et rangé. Alice venait épousseter une fois par semaine. Lui n'y entrait que rarement et ne s'aperçut pas que certaines choses avaient été déplacées. De fait, Johnny avait passé beaucoup de temps dernièrement à examiner ses affaires. Mais pour Jim, tout était resté intact, tel que Johnny l'avait laissé : les photos de Becky, les lettres, les agendas. Il s'assit sur le lit et les larmes se mirent à rouler sur ses joues, tandis qu'il parcourait la pièce du regard. Cinq mois. Cinq mois que son fils avait disparu, et la douleur ne s'était en rien atténuée. La veste favorite de Johnny était posée sur une chaise là où il l'avait laissée la veille. Jim resta ainsi un long moment, puis se dirigea vers la porte et la referma doucement derrière lui. Alice montait l'escalier à ce moment précis. Leurs regards se croisèrent, sans qu'aucun ne dise un mot.

Alice se rendait dans la chambre de Charlotte pour voir comment elle allait. Quand elle entra, celle-ci venait de se réveiller et lui confia se sentir mieux. Elle avait même une faim de loup. Vêtue d'une vieille robe de chambre rose, elle descendit dans la cuisine et sourit en voyant son père. Depuis qu'il s'intéressait à elle, elle nageait en plein bonheur. Dans ces conditions, qu'importait une légère commotion ?

— Comment te sens-tu, Charlie ? s'enquit-il, la voix rauque d'avoir pleuré.

— Mieux. Et toi, papa ?

Une lueur nouvelle brillait dans les yeux de la jeune fille en le regardant.

— Ça va, répondit-il.

Sauf que sa femme lui avait à peine adressé la parole en quarante-huit heures et que son fils cadet le regardait comme un étranger. Sans parler de ses mains, qui tremblaient sans discontinuer à cause du manque d'alcool.

Le reste de la journée, chacun vaqua à ses occupations. A 16 heures, Jim sortit pour revenir deux heures tard, d'humeur plutôt joyeuse, sans donner l'ombre d'une explication. Loin d'avoir abandonné l'hypothèse d'une éventuelle maîtresse, Alice s'abstint néanmoins de tout commentaire, s'attendant à le voir s'affaler dans le canapé avec un pack de bière. Mais il n'en fit rien. Au lieu de cela, il sortit nettoyer la cour. Au dîner, il essaya maladroitement d'entamer la conversation ; en vain. Charlotte les avait rejoints et parlait déjà de reprendre l'entraînement de basket la semaine suivante.

— C'est le médecin qui en décidera, intervint Alice d'un ton tranchant.

A la fin du repas, Jim et Charlotte étaient en

grande discussion, reparlant du match et de la qualité du jeu de la jeune fille.

— Merci, papa, dit-elle, ravie.

Après le match précédent, elle avait appris sa nomination probable au titre de meilleure joueuse de l'équipe.

— Tu viendras me voir, la semaine prochaine ?

— Je ferai mon possible, dit Jim avec circonspection en regardant sa fille, puis sa femme.

Il n'eut en revanche aucun regard pour Bobby, toujours inexistant à ses yeux. Son impossibilité à communiquer avec lui le matin même l'avait frustré et découragé.

Père et fille partirent au salon, laissant Alice dans la cuisine avec Bobby et Johnny. Le trio faisait de son mieux pour parler le plus bas possible, mais Charlotte pouvait entendre sa mère depuis la pièce voisine.

— C'est comme ça tout le temps, maintenant, confia la jeune fille à son père, l'air inquiet.

Elle avait également remarqué que son père n'avait pas bu une goutte d'alcool ce soir-là, mais préféra ne pas y faire allusion.

— Je crois qu'elle parle à Bobby, répondit Jim en soupirant. Je me demande comment elle fait. C'est si dur de parler à quelqu'un qui ne peut pas répondre. Moi, je n'y arrive pas.

Charlotte fut touchée par cette confession soudaine.

— Bobby sait se faire comprendre. Il suffit d'être attentif, dit-elle d'un ton posé.

Elle avait l'impression étrange d'avoir enfin établi

un lien avec son père. Désormais, ce qu'elle pensait ou disait avait de l'importance pour lui.

— Crois-tu qu'il reparlera un jour ? demanda Jim.

Poser cette question à sa fille de quatorze ans était pour le moins singulier. Mais Charlotte lui semblait étonnamment mûre pour son âge.

— Maman pense que oui. Elle dit qu'il a besoin de temps, répondit-elle.

Cinq ans, n'était-ce pas assez ? se dit Jim. Combien de temps encore allait-il lui falloir ?

— Johnny lui parlait tout le temps, tu sais, poursuivit Charlotte. Pourquoi ne ferais-tu pas quelques paniers avec lui, de temps en temps, papa ?

— Il aime ça ? fit Jim, étonné.

De fait, il n'avait aucune idée des goûts de son fils cadet, et n'avait d'ailleurs jamais cherché à les connaître.

— Bien sûr ! Il est même plutôt bon pour son âge, lui asséna Charlotte en hochant la tête.

— Comme sa grande sœur ! répondit Jim en souriant, tandis qu'ils s'asseyaient dans le canapé et qu'il l'entourait de son bras.

Il alluma la télévision et ils regardèrent ensemble un match de football. Un peu plus tard, Bobby les rejoignit et s'assit près d'eux. Il lançait de temps à autre un regard furtif en direction de Johnny, assis près d'eux sur une chaise, et souriait. Sa présence le rassurait et lui donnait du courage.

La vue de cette scène familiale amena un sourire sur les lèvres d'Alice. En dépit de la colère qu'elle éprouvait à l'égard de Jim, elle devait reconnaître qu'il faisait des efforts et que l'atmosphère à la maison en bénéficiait. Le fait qu'il ait arrêté de boire depuis l'accident ne lui avait pas échappé, mais elle n'osait pas lui en parler. Elle y pensa toute la soirée et le matin en allant déposer Bobby à l'école. Revenue à la maison, elle s'attela à des travaux de couture. Elle fredonnait un petit air quand la sonnerie du téléphone retentit. Elle se demanda si c'était Jim. Il était le seul à l'appeler dans la journée. Toutes les personnes qu'elle connaissait travaillaient. Mais il ne l'avait pas fait depuis des mois. Depuis la mort de Johnny, il s'était coupé de tous, s'était totalement isolé, même d'elle.

C'était l'institutrice de Bobby : il s'était cassé le poignet en tombant d'une balançoire. Elle lui téléphonait des urgences mais, qu'elle se rassure, elle allait le ramener bientôt à la maison. Alice fut très contrariée qu'ils ne l'aient pas appelée plus tôt, mais l'enseignante lui confia qu'ils n'avaient pas eu le temps de la prévenir avant de partir à l'hôpital. Alice était bouleversée de n'avoir pas été auprès de son fils. Mais, dix minutes plus tard, Bobby était de retour à la maison, légèrement groggy sous l'effet des médicaments antidouleur. Accompagnée de Johnny, Alice monta le coucher, puis revint trouver l'institutrice.

— Le médecin a dit qu'il se rétablirait très vite, l'informa celle-ci. Mais il doit garder son plâtre quatre semaines.

La jeune femme sembla hésiter, avant d'ajouter :

— Je ne voudrais pas vous faire de fausse joie, et d'ailleurs je me trompe peut-être, mais il me semble avoir entendu Bobby dire « aïe », quand il est tombé.

Si elle n'avait pas su que Bobby avait recommencé à parler, Alice aurait été transportée de joie à l'annonce d'une telle nouvelle. Au lieu de ça, elle tenta de détromper l'enseignante, prétendant qu'elle aussi avait souvent cru l'entendre parler, victime de son imagination. Elle ne se sentait pas encore prête à révéler le secret de Bobby et désirait le protéger jusqu'à ce qu'il ait repris confiance en lui.

— J'ai peut-être rêvé, accorda l'enseignante. Mais franchement, je ne crois pas.

Johnny avait insisté pour qu'ils attendent et ne le disent à personne. Et Alice voulait que Jim soit le premier au courant.

— Pourquoi ne pas lui faire repasser des tests ? suggéra l'institutrice.

Alice éluda la réponse en la remerciant pour son aide, puis lui offrit une tasse de thé. L'enseignante prit ensuite congé.

Alice se retrouva donc avec deux enfants malades, Charlotte avec une légère commotion et Bobby avec un poignet cassé. Quand Jim rentra, en retard comme d'habitude, il fut aux petits soins pour eux. Il n'avait toujours pas recommencé à boire. Elle attendit que les enfants soient couchés pour lui parler.

— Je peux savoir où tu te rends après le travail, ces temps-ci ? demanda-t-elle avec méfiance.

Il semblait en meilleure santé, de meilleure humeur et sobre comme il ne l'avait pas été depuis des années. Mais chaque soir il rentrait plus tard que d'habitude.

— Nulle part, répondit Jim d'un ton vague.
Mais, en voyant la détresse dans les yeux de sa
femme, il ajouta :

— Je vais juste à des réunions après le travail.

— Quel genre de réunions ? rétorqua Alice en
fouillant son regard.

Il ne répondit pas immédiatement.

— Est-ce vraiment important ? dit finalement
Jim, la regardant droit dans les yeux pour la première fois depuis longtemps.

— Ça l'est pour moi, Jim. Vois-tu une autre
femme ?

Alice retint son souffle.

— Alice, jamais je ne te ferais une chose pareille,
répondit Jim en posant sa main sur celle de sa
femme. Je t'aime. Je regrette que tout ait si mal
tourné pour nous... L'accident de Bobby, Johnny,
et maintenant Charlotte... Les choses ont dérapé...
Mais, pour répondre à ta question, non, je ne vois
pas d'autre femme. En fait, je vais aux réunions des
Alcooliques anonymes. Quand j'ai eu cet accident
l'autre jour, j'ai compris qu'il fallait que j'arrête.

Les yeux fixés sur son mari, Alice sentit les
larmes affluer. Jim se pencha vers elle et l'embrassa.
Son vœu s'exauçait.

— Merci, murmura-t-elle, incapable d'en dire
plus.

Ce soir-là, en montant se coucher, Jim et Alice
fermèrent leur porte, pour ne pas être dérangés par
les enfants. Johnny, lui, dormait au pied du lit de
Bobby.

10

Le mois de décembre fut bien rempli pour toute la famille. Jim avait trois nouveaux clients et sa charge de travail s'était alourdie en conséquence. Ses affaires prenaient de l'ampleur et rapportaient plus d'argent. Alice ignorait s'il y avait une quelconque relation, mais Jim semblait travailler bien davantage depuis qu'il avait cessé de boire. En même temps, il paraissait plus détendu qu'il ne l'avait jamais été, et il lui arrivait même de prendre un après-midi ou de rentrer plus tôt pour assister aux matchs de Charlotte. Devenu son entraîneur, Jim était convaincu qu'une carrière prometteuse attendait sa fille, dont il ne cessait de faire les louanges – autant, si ce n'est plus, qu'il l'avait fait pour Johnny.

Charlotte jubilait. A quinze ans à peine, sa photo figurait dans les pages sportives du journal local, et les garçons commençaient soudain à l'intéresser – elle avait d'ailleurs un faible pour un des joueurs d'une équipe du coin. Mais seul son père comptait vraiment pour elle, comme si elle devait combler le temps perdu durant toutes les années où il l'avait ignorée. Lors d'une réunion des Alcooliques anonymes, Jim lui demanda pardon devant toute l'assistance, et Charlotte fut émue de le voir pleurer. Son père expliqua qu'il ne s'était jamais rendu compte de son talent de basketteuse et ajouta qu'il l'aurait aimée autant si elle avait été moins douée. Il avait compris qu'à force de se renfermer sur lui-même, il avait fini par la perdre. Il lui demanda à nouveau pardon pour toutes les fois où il l'avait rejetée ou ignorée, vantant les mérites de son frère au détriment des siens. Dorénavant, un lien particulièrement fort les unissait. Jim aurait souhaité qu'il en soit de même avec Bobby. Mais lui parler le mettait toujours aussi mal à l'aise. Rien que le voir ravivait chez lui le sentiment de sa culpabilité et le souvenir de l'accident dû à l'alcool.

Alice assistait, le cœur réjoui, à l'évolution des relations entre son mari et sa fille. Johnny et elle en parlaient souvent, ainsi que du miracle survenu dans leurs vies lorsque Jim avait poussé la porte des Alcooliques anonymes. Alice n'avait pas besoin de le lui demander pour savoir que c'était Johnny qui était à l'origine de ce bouleversement, tout comme il avait aidé Jim à ouvrir son cœur à Charlotte après toutes ces années.

— Beau travail, glissa-t-elle un jour à Johnny. Un miracle, ou plutôt non, un double miracle !

Non seulement Jim avait arrêté de boire, mais il s'était rapproché de Charlotte à un point qu'ils n'auraient jamais pu imaginer.

Elle aurait même pu en ajouter un troisième

pour Bobby, bien qu'il ne parlât pour l'instant qu'à elle et son frère. Mais Johnny lui assurait qu'il s'exprimerait normalement quand il serait prêt. Il avait encore besoin de prendre confiance en lui. Le moment tant attendu se rapprochait chaque jour davantage. Bobby souriait beaucoup plus, n'hésitait plus à s'aventurer hors de sa chambre et travaillait très bien à l'école. Alice le sentait aussi mieux intégré dans la vie familiale. Et quand il était seul avec Johnny et elle, c'était un véritable moulin à paroles ; il avait toujours quelque chose à dire ou une histoire à raconter.

— Et toi, maman ? Qu'est-ce que tu voudrais ? demanda Johnny tandis qu'Alice préparait une tarte aux pommes pour le dîner.

Elle était la seule qui ne demandât jamais rien.

— Toi, répondit-elle simplement en se tournant vers son fils. J'aimerais que tu restes pour toujours.

Seulement, c'était impossible, tous les deux le savaient.

— Je suis si heureuse que tu sois revenu.

Cela faisait deux mois que son fils était de retour, pensa Alice, et il avait accompli tant de miracles déjà. En même temps, cela l'inquiétait, car, une fois son travail achevé, Johnny les quitterait à nouveau, pour de bon cette fois. Ils n'en avaient jamais parlé, mais Alice sentait que sa mission touchait à sa fin.

— Dis-moi, tu ne vas pas disparaître sans prévenir ? s'enquit-elle, anxieuse, tout en étalant la pâte.

— Non, maman, je te le dirai, dit Johnny d'un ton rassurant.

A sa mort, Alice avait cru ne jamais pouvoir se remettre du choc de sa disparition soudaine. L'idée de revivre ce moment lui était intolérable.

— Tu seras prête cette fois-ci, ajouta Johnny, comme lisant dans ses pensées.

— Non, jamais je ne pourrai me préparer à ça, s'entêta Alice, les larmes aux yeux. Si seulement tu pouvais rester pour toujours, comme tu es là...

— Maman, tu sais bien que si je le pouvais, je resterais, dit Johnny en entourant sa mère par les épaules. Par contre, je te promets que tu seras prête, quand je partirai. Tu ne souffriras pas comme la dernière fois.

Au souvenir de ces moments d'agonie et d'horreur, Alice fut parcourue de frissons.

— Nous devons nous estimer heureux de ces deux mois passés avec toi, murmura-t-elle, s'efforçant de voir le bon côté des choses. As-tu fini ton travail ici ?

— Pas encore, fit Johnny d'un air incertain.

Il n'avait jamais réellement su les raisons de son retour mais, à mesure que les choses avançaient, il se rendait compte du bien qu'il faisait autour de lui. Petit à petit, il sentait qu'il accomplissait les tâches qu'il savait être les siennes, même si jamais personne ne les lui avait expliquées.

— Quand le moment viendra, nous le saurons, reprit Johnny.

Et tous deux savaient que ce moment n'allait plus tarder.

— Donc, tu te volatiliseras ? demanda-t-elle, paniquée à cette seule idée.

— Je te le répète, maman, je ne te ferai jamais ça.
On m'a envoyé pour faire le bien, pas pour faire
souffrir.

— Bon, je te crois, dit-elle, visiblement soulagée.
Mais elle sentait qu'il ne resterait plus très longtemps. Jim avait arrêté de boire ; entre lui et Charlotte s'était créé un lien indéfectible ; il suivait de
près ses activités sportives et s'efforçait d'assister à
tous ses matchs. Quant à Bobby, il parlait, même si
c'était encore un secret.

— En fait, continua Johnny, je crois qu'il me
reste encore quelques petites choses à peaufiner.

— Surtout, prends ton temps ! fit Alice en souriant à son fils, qui partit d'un éclat de rire. Peut-
être pourrais-tu même traîner un peu les pieds ?

— J'irai le plus lentement possible, maman. Promis.

— Je t'aime, murmura Alice tandis que Johnny la
serrait dans ses bras.

L'après-midi, il se rendit chez Becky, où les
choses semblaient avancer aussi dans la bonne
direction.

Buzz et elle se voyaient régulièrement, et la jeune
fille ne paraissait plus aussi anéantie. Elle semblait
plus gaie, plus détendue, et riait plus facilement.
Pam, de son côté, s'épanouissait depuis sa rencontre
avec Gavin. Ce dernier parlait même de venir s'installer dans les environs pour se rapprocher d'elle.

Un après-midi, alors qu'Alice et Johnny déco-
raient le sapin en écoutant un disque de chants de
Noël, Jim rentra plus tôt du travail. Il avait oublié
des papiers à la maison et comptait terminer son

travail dans son bureau. Un sourire s'épanouit sur son visage quand il vit Alice perchée près du sapin, chantant à l'unisson avec le disque.

— Comment as-tu fait pour poser l'étoile en haut toute seule ?

La question prit Alice au dépourvu. Rapidement, elle improvisa : le facteur lui avait gentiment apporté son aide. A son grand soulagement, Jim n'en demanda pas plus, tandis que Johnny riait à gorge déployée. C'était bien sûr lui qui, comme chaque année, avait disposé les décorations sur les branches les plus hautes.

— Quelle imagination ! glissa-t-il à sa mère pour la taquiner.

Alice se mit à rire et lui répondit, persuadée que Jim ne pouvait l'entendre depuis la pièce d'à côté. Mais celui-ci revint, le visage sérieux.

— Il va falloir s'occuper de ton cas, Alice, et envisager d'aller voir les Bavards anonymes, plaisanta-t-il. Non, sérieusement, Charlotte se fait du souci à ton sujet. Elle pense que c'est à cause de Johnny.

— Elle a sans doute raison. Mais ça me passera.

« Et plus vite que vous ne le croyez », ajouta-t-elle en son for intérieur en pensant qu'une fois Johnny parti, elle n'aurait plus personne à qui parler. Certes, il y avait Jim et les enfants, mais ce n'était pas pareil. Johnny avait toujours été son confident. Et aujourd'hui plus que jamais.

— Je crois que c'est devenu une manie, conclut-elle tandis que Jim regagnait son bureau avec une pile de dossiers.

Quand Charlotte rentra du lycée, il travaillait toujours. Pour Alice, c'était l'heure d'aller récupérer Bobby à l'école. Johnny monta dans la voiture avec elle et ils discutèrent avec animation durant tout le trajet. Ce qu'avait dit son père amusait beaucoup Johnny.

— Je vais finir par passer pour une folle, constata Alice avec fatalisme en souriant.

— Ce n'est peut-être pas plus mal ! fit Johnny, allongé sur la banquette arrière, les pieds dépassant de la vitre ouverte. Comme ça, vous pourrez faire ce qui vous chante, « Madame Peterson la Folle » ! Tu sais, ça pourrait être drôle, et même libérateur, maman.

— Non, merci. Je n'ai pas envie que les gens me croient cinglée.

Pourtant, Alice éprouvait un tel sentiment de bien-être et de bonheur, un tel mélange de gravité et de joie avec lui que cela frôlait presque la folie.

Au cours des derniers mois, Johnny semblait avoir affiné sa sensibilité et abordait désormais les situations délicates avec une sagesse extraordinaire. Le comportement de son père n'avait plus de secrets pour lui, il ressentait spontanément les émotions et les besoins de Bobby, et lisait dans le cœur de Charlotte comme dans un livre ouvert. Quant à Alice, jamais Johnny n'avait été aussi proche d'elle. Souvent, chacun savait d'instinct ce que l'autre pensait, sans avoir à parler. Un lien indéfectible les unissait, et rien ne saurait le rompre. Alice savait désormais que, lorsqu'il partirait, plus jamais elle ne perdrait son fils, et cette pensée la réconfortait.

Bobby sortit de l'école en courant, brandissant une boîte remplie de décorations de Noël qu'il avait faite en classe. En l'apercevant, Alice et Johnny esquissèrent le même sourire.

— Pile à l'heure ! complimenta-t-elle son fils cadet, qui s'installa à côté de son frère sur la banquette. Tu sais, on a décoré le sapin avec Johnny aujourd'hui !

— Et il est comment ? demanda Bobby, les yeux brillants d'excitation.

— Pas mal. Mais il sera encore mieux quand on lui aura mis tes belles décorations, répondit-elle avec tendresse.

Elle aimait Bobby autant que Johnny, simplement il était différent. Et elle adorait aussi Charlotte, bien sûr. Mais Johnny faisait partie de son âme, maintenant et pour toujours.

— Tu les aimes, maman ? demanda Bobby en montrant ses décorations préférées.

— Beaucoup, mon trésor. On les mettra dans le sapin en arrivant.

Deux semaines les séparaient de Noël et la famille avait encore beaucoup à faire. Jim devait organiser une petite fête à son travail et arrêter les comptes de fin d'année de ses nombreux clients. Charlotte avait la saison de basket à terminer et Bobby participait à la pièce de l'école. Il y jouerait le rôle d'un ange, se contentant de traverser plusieurs fois la scène en remuant ses ailes, puisqu'il n'avait bien sûr aucun texte à dire. Alice venait tout juste de finir son costume.

Le soir du réveillon, seuls les Adams avaient été

invités, Alice et Jim ayant décidé de ne pas donner de fête, cette année-là. Pam était accompagnée de Gavin, qui l'emmenait en vacances avec les enfants la semaine suivante.

La bonne humeur était au rendez-vous. Ils prirent tous un lait de poule avec de l'alcool préparé par Alice, sauf Jim qui le but nature. Celui-ci était si jovial que Pam déclara qu'elle ne le reconnaissait pas. Gavin et lui s'entendirent immédiatement et, au bout de quelques minutes, Jim lui vantait déjà les prouesses de sa fille comme il le faisait pour Johnny. En l'écoutant, Alice ne put s'empêcher d'y penser. Il agissait enfin comme Charlotte avait toujours désiré qu'il le fasse. Pour elle, la vie était devenue bien plus belle depuis ce premier match où son père était venu.

Le seul qui semblait exclu de tous ces changements était Bobby. Jim avait toujours autant de mal à s'y prendre avec lui. Le garçonnet ne s'animait qu'en la seule présence de sa mère et de son frère, parlant à toute allure comme pour rattraper toutes ses années de silence.

Ce soir-là, avec sa robe en velours noir et ses escarpins, Becky était particulièrement ravissante. C'était Gavin qui les lui avait offerts. Il se montrait extrêmement généreux envers Pam et ses enfants, visiblement ravi de pouvoir leur offrir des cadeaux et se trouver avec eux. N'ayant pas d'enfants, ils étaient la famille dont il avait toujours rêvé et qu'il n'avait jamais pu avoir.

Après le dîner, Gavin porta un toast en l'honneur des deux familles réunies, souhaitant à chacun un merveilleux Noël. A ces mots, le frère cadet de Becky pouffa de rire et le traita gentiment de ringard. Il ne faisait aucun doute que les enfants l'aimaient beaucoup. Et Pam aussi. Elle ne l'aimait peut-être pas autant qu'elle avait aimé Mike, dont elle avait eu cinq enfants et partagé la vie pendant de nombreuses années, mais suffisamment en tout cas pour vouloir vivre à ses côtés. Et c'est donc après avoir porté son toast que Gavin annonça leur mariage prochain.

La date était fixée au mois de juin, ce qui leur laissait le temps de trouver une maison d'ici là. Gavin voulait offrir ce qu'il y avait de mieux à Pam et aux enfants. Il avait proposé de payer les frais d'inscription des enfants dans de meilleures écoles.

Ils étaient tous en train de les féliciter, quand Alice remarqua Johnny, qui, assis par terre près du sapin, les regardait. Comme d'habitude, il ne quittait pas des yeux Becky, plus belle que jamais. Elle était telle qu'il l'avait connue, exception faite du voile de nostalgie qui assombrissait son regard chaque fois qu'elle parlait de lui. Mais Becky était jeune et avait la vie devant elle. Johnny le savait. Il sentait qu'elle pourrait à nouveau être heureuse sans lui.

— Et toi, Becky, tu ne comptes pas te marier ? demanda Alice en ne plaisantant qu'à moitié.

— Certainement pas ! Elle est bien trop jeune ! cria Johnny depuis le salon.

Bobby éclata de rire. Tous le regardèrent, incrédules, tandis qu'Alice lui décochait un regard assassin. Le garçonnet se tut immédiatement.

— Tu as perdu la tête ? Qu'est-ce qui te prend

de hurler de la sorte ? gronda Alice en pénétrant dans le salon.

— Personne ne peut m'entendre, maman. Je peux crier et chanter aussi fort que je veux, et même faire la roue ! répondit Johnny en s'exécutant, manquant de renverser la table.

— Je crois que tu devrais aller marcher un peu.

— Maman, je m'amuse, c'est tout, répondit Johnny en souriant.

Alice secoua la tête et rejoignit les autres. Derrière elle, Johnny chantait à tue-tête tout en faisant des pompes.

— Que faisais-tu dans le salon ? s'enquit Jim gentiment.

Pam venait de lui confier qu'Alice parlait encore souvent toute seule, ce que Charlotte avait confirmé. Sa mère lui donnait l'impression de discuter avec un ami, lorsqu'elle était seule dans la cuisine ou dans leur chambre avant que Jim monte se coucher. « Je crois qu'elle s'imagine parler avec ton frère », avait dit Jim.

Mais, plus que tous les autres, il s'inquiétait pour sa femme. Elle semblait parfaitement équilibrée et saine d'esprit mais il était évident qu'elle n'avait pas encore surmonté la mort de leur fils. Et elle n'y arriverait jamais si elle continuait ses conversations avec lui. La douleur était certainement d'autant plus vive pour elle qu'ils fêtaient leur premier Noël sans lui.

— Je vérifiais juste que la guirlande électrique était branchée, répondit Alice sans ciller.

Jim jugea cette raison valable, même si elle

n'expliquait pas les chuchotements qu'il avait entendus depuis la porte du salon. Il espérait surtout qu'Alice se remettrait et recouvrerait vite ses esprits. Depuis quelque temps, il se sentait plus proche d'elle et craignait qu'elle ne s'éloigne à son tour.

La soirée se poursuivit, et Pam et Gavin parlèrent de leur mariage et de leurs projets. Ils avaient une idée précise de la maison qu'ils cherchaient et, une fois qu'ils l'auraient trouvée et aménagée, ils mettraient en vente leurs maisons respectives. Les enfants dirent qu'ils seraient tristes de quitter leur vieille maison, mais ils étaient excités par tout ce que Gavin leur racontait de ses projets. Il avait même promis d'acheter un bateau pour les vacances !

Les enfants montèrent ensuite dans la chambre de Charlotte regarder des cassettes vidéo. Pam se tourna alors vers Becky et lui dit d'annoncer la bonne nouvelle. Voyant la jeune fille se mettre à rougir, Johnny fut pris de panique. Il était revenu s'asseoir près d'elle.

— Elle ne va pas se marier, hein, maman ? demanda-t-il, le visage crispé.

Non qu'il aurait pu – ou même voulu – l'en empêcher, mais d'une certaine manière il lui était insupportable de la savoir avec un autre. Il désirait son bonheur par-dessus tout et pourtant il sentait encore une pointe de jalousie à l'idée de sortir définitivement de sa vie. C'était lui qui lui avait présenté Buzz et il ne lui reprochait pas son bonheur. Mais quand il la regardait, il n'avait qu'une envie : la serrer dans ses bras une dernière fois. Comme elle ne pouvait le voir, cela ne pouvait pas arriver. Il lui avait pris la main parfois, mais Becky n'avait rien senti. Les seuls qu'il pouvait serrer dans ses bras, toucher ou embrasser étaient son frère et sa mère. Et il se demandait souvent ce qui se serait passé si Becky avait pu le voir. C'était peut-être la raison pour laquelle cela n'avait pas été permis, car il lui aurait été encore plus difficile de partir, lorsque le moment serait venu.

— Quelle est donc cette bonne nouvelle, Becky ? insista Alice, qui voyait Johnny bouillir d'impatience.

— J'ai décroché une bourse pour l'université de Los Angeles, annonça Becky avec modestie. Je commence dès janvier, en même temps que Buzz. Il m'a beaucoup aidée à l'obtenir.

— N'importe quoi ! dit Johnny, agacé, à l'intention de sa mère. C'est moi qui l'ai aidée.

Dans l'impossibilité de lui répondre, Alice se contenta de hocher discrètement la tête, pour lui montrer qu'elle le savait.

— C'est fantastique, Becky ! fit-elle.

Elle savait combien Pam devait être fière de sa fille. Becky avait obtenu une bourse pour toute sa scolarité et projetait de s'inscrire aux beaux-arts. Au fil des années, Alice avait rassemblé une dizaine de portraits très réussis de Johnny faits par Becky. La jeune fille était visiblement très douée. Becky ajouta également avoir l'intention de suivre des cours d'histoire de l'art, pour devenir professeur.

Johnny avait toujours pensé qu'elle était faite pour ce métier. Le rêve devenait réalité.

Le dîner terminé, Pam aida Alice à tout ranger dans la cuisine. Les deux hommes allèrent au salon discuter affaires, politique et sport, et Johnny les accompagna. Leur conversation ne l'intéressait guère, mais il craignait que sa mère ne paraisse bizarre s'il la suivait à la cuisine, car il ne manquerait pas de lui parler et elle risquait de lui répondre devant Pam. Mieux valait donc pour lui se tenir à l'écart. Quelques instants plus tard, voyant Becky monter rejoindre les autres à l'étage, il ne put s'empêcher de lui emboîter le pas. Cependant, arrivée en haut des marches, Becky ne se dirigea pas vers la chambre de Charlotte, mais gagna sans bruit celle de Johnny. Elle tourna la poignée et se glissa discrètement à l'intérieur, avant de refermer la porte derrière elle. Puis elle resta là, immobile, s'imprégnant de l'odeur si familière. Elle s'allongea ensuite sur le lit et ferma les yeux. Johnny se tenait juste à côté d'elle. Il lui effleura la main mais Becky resta, comme d'habitude, insensible à son toucher. Seul son cœur ressentit sa présence dans la pièce, et un étrange sentiment de paix envahit la jeune fille.

Elle connaissait si bien cette chambre, tout comme elle connaissait Johnny, ses rêves, ses projets, ses secrets... Ils avaient tout partagé.

— Je t'aime, Johnny, murmura-t-elle en fermant les yeux.

— Je t'aime aussi, Becky. Je t'aimerai toujours, répondit Johnny, penchée sur elle.

Puis, poussé par une force invisible, il ajouta :

— Je ne souhaite que ton bonheur. Tu vas voir, tu vas adorer l'université... Et si tu veux être avec Buzz et qu'il te rend heureuse...

Les mots s'étranglaient dans sa gorge, mais il savait qu'il devait les dire.

— ... sache que je te souhaite tout le bonheur du monde, avec lui ou avec un autre. Tu le mérites, Becky. Et tu sais que je t'aimerai toujours.

Becky hocha la tête comme si elle l'avait entendu. Elle se sentait apaisée et sereine, et, après un long moment, elle se leva et se promena dans la chambre, effleurant tour à tour les photos de Johnny, ses trophées, ses trésors. Elle observa un long moment sa photo préférée du jeune homme. Elle possédait la même qui trônait sur sa table de chevet. Elle avait depuis peu ajouté une photo de Buzz. En regardant encore le portrait de Johnny, elle eut l'impression de le voir réellement.

— Je t'aimerai toujours, Johnny, dit-elle en fixant la photo.

— Moi aussi, Becky, répondit Johnny, les yeux pleins de larmes. Pars vivre ta vie maintenant.

Lentement, elle se dirigea vers la porte et s'y adossa quelques minutes.

Puis, sans un mot, elle sortit de la chambre et referma doucement la porte. Pour la première fois depuis la mort de Johnny, elle ressentait de la joie, comme si son cœur s'était libéré. Et c'est le visage épanoui qu'elle retrouva les autres dans la chambre de Charlotte, après avoir essuyé ses larmes. Elle avait la sensation bizarre d'avoir dit au revoir à Johnny. Non pas dans le déchirement et la douleur, comme six mois auparavant, mais dans l'amour, la paix et la délivrance. Elle savait désormais qu'il ferait toujours partie d'elle. Mais elle était prête à se remettre en route.

Les Adams partirent à 23 h 30, laissant les Peterson se préparer pour la messe de minuit. Tous s'embrassèrent affectueusement, se souhaitèrent un joyeux Noël, puis la petite troupe monta dans le monospace que Gavin venait d'acheter. Les Peterson regardèrent le véhicule s'éloigner en faisant des signes de la main. Ils n'étaient plus que quatre, maintenant. Jim et Charlotte ne purent s'empêcher de penser qu'ils étaient cinq, l'an passé. Un peu plus tard, en grimpant dans la voiture, ils ignoraient que Johnny était assis sur la banquette arrière, entre son frère et sa sœur. Jim mit une cassette de chants de Noël. Les fêtes étaient tristes pour eux cette année, mais en même temps ils reconnaissaient que de bonnes choses leur étaient arrivées récemment, et qu'ils ne devaient pas l'oublier.

À l'église, Jim somnola une bonne partie de la messe et Charlotte ne tint pas en place. Les yeux fermés, Alice avait écouté la musique, les rouvrant de temps à autre pour admirer ses trois enfants. Les voir réunis était son plus cadeau de Noël, ainsi que la métamorphose de Jim. Que pouvait-elle demander de plus ?

La seule chose qui l'ennuya, ce jour-là, fut une indigestion, dont elle se plaignit à Jim tandis qu'ils rentraient à la maison.

— Ce n'est pas ton ulcère, j'espère ? demanda-t-il, inquiet.

Il avait failli la perdre en octobre, quand elle avait été si malade, et cette seule pensée lui glaçait le sang.

— J'ai juste pris un peu trop de dinde, s'empressa-t-elle de dire pour le rassurer.

De retour à la maison, Alice eut tôt fait d'oublier ses douleurs et prépara Bobby pour la nuit. Mais celui-ci ne semblait pas avoir sommeil et la fixait intensément, comme s'il hésitait à lui poser une question. Alice ne savait que penser. Quand Jim les rejoignit, Bobby fixa son père de la même façon, et c'est alors qu'Alice comprit. Elle leva les yeux vers Johnny, qui souriait à son frère. Bobby hocha la tête et Alice sentit les larmes lui monter aux yeux alors qu'elle se tournait vers son mari.

— Je crois que Bobby a quelque chose à te dire, fit-elle.

Bobby n'avait pas quitté son père des yeux. C'était son cadeau. Et il le lui devait depuis bien longtemps. C'était le plus beau cadeau que Jim pourrait jamais recevoir.

— Joyeux Noël, papa, dit doucement Bobby.

Jim le fixa, étouffa un sanglot, puis le serra fort dans ses bras.

— Comment est-ce possible ? parvint-il à demander, la voix rauque.

Son regard allait de son fils à sa femme, tandis que Charlotte pleurait. Un sourire bienveillant illuminait le visage de Johnny. Comme il était fier d'eux ! De son père, de son frère, de Charlotte pour tout le chemin qu'elle avait parcouru, et surtout de sa mère qui avait tant souffert, et tant donné.

— J'ai commencé à parler à...

Bobby surprit le regard de sa mère, lui conseillant de taire leur secret.

— ... à me parler à moi-même, se reprit-il. Je m'exerce depuis Thanksgiving.

— Et tu as attendu tout ce temps pour me le dire ? s'étonna Jim.

— Il le fallait bien, répondit Bobby avec un sourire, tu n'étais pas prêt.

Jim sembla méditer un moment les paroles de son fils, puis opina du chef.

— Peut-être, en effet. Mais je le suis, maintenant.

C'était comme si ces cinq années de silence venaient de s'effacer d'un seul coup.

— Je t'aime, papa, murmura Bobby.

— Je t'aime aussi, mon garçon, dit Jim en lui prenant la main.

Pour Alice qui les regardait, cette scène était le miracle de Noël.

11

Le matin de Noël, Bobby dévala les escaliers pour aller découvrir ses cadeaux, rejoint peu de temps après par ses parents et sa sœur. Jim avait acheté à Charlotte toutes sortes d'articles de sport, y compris un lanceur de ballons automatique, afin qu'elle puisse s'entraîner toute seule à l'automne. Elle en rêvait depuis des années !

Alice, elle, reçut des pulls, un manteau ainsi qu'un bracelet en or, qui tous lui plurent. De son côté, elle avait offert à Jim une magnifique serviette en cuir, pour remplacer l'ancienne, et la veste en suédine qu'il avait repérée dans un magasin. Jim était ravi.

Une montagne de jouets attendait Bobby. Johnny avait aidé sa mère à les choisir. A chaque cadeau ouvert, Bobby s'empressait de monter le jouet et de le faire marcher. Il nageait en plein bonheur.

Une fois que tous les cadeaux eurent été ouverts, Alice confectionna les traditionnelles gaufres à la banane du matin de Noël. C'est alors que les nausées de la veille la reprirent. Se disant que c'était dû vraisemblablement à l'excitation des fêtes, mêlée à l'angoisse du départ de Johnny, elle s'efforça de ne pas y penser. Elle le regarda et remarqua alors combien il avait les traits tirés. Tout ce qu'il avait fait pour eux l'avait sûrement épuisé. Pourtant, à le voir saliver au-dessus des gaufres, il semblait en forme.

— J'aimerais les manger toutes ! fit Johnny, comme lorsqu'il était petit.

Alice lui sourit, souhaitant elle aussi qu'il pût y goûter. Pourquoi avait-il fallu qu'il meure si jeune ? Si seulement il n'était pas mort... Si seulement il pouvait rester ainsi, avec elle, pour toujours... Mais elle savait que c'était impossible, et que ce ne serait pas correct vis-à-vis de Johnny. Un autre destin l'attendait.

A table, tandis que Jim et Charlotte reprenaient des gaufres, Bobby n'arrêtait pas de parler, les noyant sous un flot de paroles, leur décrivant ses nouveaux jouets dans les moindres détails : comment ils marchaient, comment on les assemblait. Jim l'écoutait, ravi.

— Eh bien ! Il rattrape le temps perdu, on dirait ! lança-t-il à Alice quand les enfants eurent quitté la cuisine.

Seul Johnny était encore assis à table, humant le délicieux parfum des gaufres. Alice n'avait fait que picorer les siennes, sans que personne remarque son manque d'appétit – mis à part lui.

— Pour quelle raison crois-tu qu'il reparle ? demanda Jim.

Il regardait sa femme avec amour. Jamais elle ne lui avait paru plus belle. Il se pencha et l'embrassa.

— Qu'est-ce qui a déclenché ça, à ton avis ? insista-t-il.

Aux yeux de Jim, c'était une sorte d'absolution qui venait enfin de lui être accordée. Pendant cinq années, son fils avait payé le prix de sa stupidité et, aujourd'hui, il était libéré de ce que Jim avait considéré comme une malédiction. C'était un jour béni.

— Je pense que c'est un miracle, dit Alice simplement.

Jim ne la contredit pas. Quoi que ce fût, il était reconnaissant de cette deuxième chance.

Quelques minutes plus tard, Charlotte et lui s'installèrent devant la télévision, suivis de près par Bobby qui traînait la moitié de ses jouets derrière lui, tandis qu'Alice tournait dans la cuisine.

— Tout va bien, maman ? demanda Johnny, l'air soucieux.

— Oui, ça va, répondit-elle sans conviction.

En réalité, elle ne se sentait vraiment pas dans son assiette, mais voulait éviter de l'inquiéter. Son estomac la faisait de nouveau souffrir et elle craignait que ce ne soit un nouvel ulcère. Mais elle préférait ne rien dire plutôt que de risquer de gâcher Noël.

— Ce n'est rien, je t'assure, ajouta-t-elle.

— Je n'en suis pas si sûr que toi, fit Johnny. Tu devrais aller voir un médecin dès demain.

Comme son fils avait l'air adulte tout à coup...

— Si je ne me sens pas mieux, je te promets que j'irai.

Ils passèrent leur après-midi à se détendre, ne faisant que manger et regarder la télévision. Le soir, comme chaque année à Noël, elle leur prépara le traditionnel jambon. Elle n'avait toujours pas grand appétit et eut l'esprit ailleurs pendant tout le dîner. Durant l'après-midi, elle avait fait le récapitulatif de tous les miracles qui leur étaient arrivés et de tout le bonheur que Johnny avait apporté dans leurs vies, et elle avait compris qu'il avait accompli sa mission. Becky avait obtenu sa bourse et trouvé un garçon qui lui convenait. Pam avait rencontré un homme merveilleux qui les aimait, elle et ses enfants, et qui allait l'épouser. Charlotte et Jim étaient plus proches qu'ils ne l'avaient jamais été. Jim avait cessé de boire et Bobby reparlait. Quant à elle, elle venait de passer trois mois avec ce fils qu'elle chérissait tant et qui lui avait été repris beaucoup trop tôt. Leurs vies à tous avaient pris de nouvelles directions. Plus elle y pensait, plus elle avait la certitude que le départ de Johnny approchait. Et à cette perspective, son cœur se serrait.

— Tu vas bientôt t'en aller, n'est-ce pas ? demanda-t-elle à Johnny quand ils se retrouvèrent seuls dans la cuisine.

La journée avait été longue et paisible. L'absence de Johnny avait été moins vive dans les cœurs. Charlotte et Jim s'habituaient progressivement à la vie sans lui, et Johnny avait expliqué à Bobby, dès le premier jour, qu'il n'était que de passage.

— C'est probable, maman, répondit-il avec honnêteté. Mais quand le moment sera venu, nous le saurons. Et comme je te l'ai dit, tu seras prête.

Malgré son assurance, sa réponse ne plaisait guère à Alice.

— Alors, ce n'est pas encore le bon moment, déclara-t-elle, presque puérile. Parce que je ne suis pas du tout prête. Je souffrirais trop...

Johnny regardait avec tristesse le visage baigné de larmes de sa mère.

— Ne pleure pas, maman. Je ne serai pas loin, tu le sais bien.

— Je te veux ici, près de moi, comme avant.

— Je sais. C'est ce que je veux aussi, c'est ce que nous voulons tous. Mais ils ne me le permettront pas. Je dois repartir.

Son retour parmi eux pour quelques mois avait été son dernier cadeau.

— De quel droit font-ils ça ! se révolta Alice en le prenant dans ses bras. Nous avons besoin de toi... J'ai besoin de toi...

— Je t'aime, répondit simplement Johnny.

Un bref instant, Alice eut un aperçu de la signification véritable de ces mots. Ils la submergèrent tout entière, ainsi que les émotions qu'ils évoquaient. Ces trois mots l'enveloppèrent et, tel un cocon protecteur, apaisèrent soudain toutes ses peines.

— Tu as l'air épuisé, fit-elle observer en levant la tête vers lui. Moi aussi, je t'aime.

— Je sais, maman. Je l'ai toujours su.

Elle était soulagée de l'entendre le lui dire. Ils restèrent un long moment dans les bras l'un de l'autre, immobiles, avant de retourner voir les autres. Fatigués et repus, tous ne tardèrent pas à monter se coucher, en se souhaitant une nouvelle fois un joyeux Noël.

Allongés dans leur lit, Jim et elle restèrent un long moment à parler de la journée écoulée, qui avait été agréable malgré l'absence douloureuse de leur fils. A ces mots, Alice ressentit une pointe de culpabilité, mais ne dit rien.

— Je ne sais pas pourquoi, expliqua Jim, son bras autour d'elle, mais je suis certain qu'il est bien là où il est. Je le sens, c'est tout.

— Moi aussi, soupira Alice.

Ils restèrent ainsi, côte à côte, jusqu'à ce que Jim s'endorme. Vers minuit, ne parvenant toujours pas à trouver le sommeil – elle avait pourtant eu une journée fatigante et bien remplie –, Alice se leva. Johnny était au cœur de ses pensées. Elle décida de descendre se préparer un verre de lait chaud pour calmer à la fois ses nerfs et ses crampes d'estomac. En sortant de sa chambre, elle aperçut Johnny qui quittait celle de Charlotte. Il était resté près d'elle jusqu'à ce qu'elle s'endorme. Elle souriait maintenant en rêvant de lui.

Il expliqua à sa mère qu'il avait eu, juste avant, une longue conversation avec Bobby, au cours de laquelle il lui avait expliqué ce que cela signifiait « continuer à vivre » et « garder les gens qu'on aime dans son cœur ».

« Tu vas bientôt repartir, c'est ça ? » avait demandé Bobby.

Cela n'avait pas semblé l'ennuyer. Il semblait comprendre, en dépit de son jeune âge.

« Oui. »

Johnny avait toujours été honnête avec son petit frère.

« Tu reviendras un jour ? avait poursuivi Bobby en ouvrant de grands yeux.

— C'est possible, mais je ne pense pas.

— Merci de m'avoir aidé à reparler. »

Dans les bras de son grand frère, Bobby savait qu'il ne l'oublierait jamais, et que plus tard il ferait tout pour lui ressembler.

Alice et Johnny s'apprêtaient à descendre les escaliers quand ce dernier s'arrêta net et se dirigea vers sa chambre. Il y resta une minute, regardant tout une dernière fois. Ils allaient tous lui manquer, autant qu'il leur manquerait. Il rejoignit sa mère et lui rappela de bien garder sa veste pour la donner à Bobby, quand il serait plus grand. En attendant, Charlotte pouvait l'emprunter, si elle le souhaitait. A ces mots, Alice comprit que l'heure était venue. Elle se souvint tout à coup que, la première fois, elle avait refusé de lui dire adieu. Peut-être était-il revenu pour cette raison ? Parce qu'elle avait refusé de le laisser partir. Ou peut-être était-il revenu pour achever ce qui ne l'était pas ? Maintenant, tout l'était. Il avait agi avec la conscience qu'il mettait dans tout ce qu'il entreprenait, et le résultat était parfait. En trois mois, il avait rendu tant de gens heureux ! Alice savait à quel point ils devaient lui en être reconnaissants.

Quand elle eut terminé son lait chaud, elle leva les yeux vers son fils, assis près d'elle. Dans ses yeux, elle sut pourquoi elle n'arrivait pas à dormir : il partait. La douleur, trop vive, l'empêcha d'articuler un seul mot.

— Ne fais pas ça, maman, dit Johnny en secouant la tête. Laisse-moi partir, cette fois. Je serai toujours là, près de toi, même si tu ne peux pas me voir.

— J'aimais tellement parler avec toi. Que vais-je faire sans toi ?

Les larmes ruisselaient sur ses joues.

— Tu feras plein de choses avec papa, et Charlie, et Bobby.

Il lui adressa un grand sourire, puis l'enlaça. Ils restèrent ainsi un long moment, puis se levèrent. Alice regarda son fils avec tout l'amour qu'elle lui portait depuis toujours.

— Je t'aime, Johnny.

— Moi aussi, je t'aime, maman. Plus que tu ne le crois... Plus que je ne te l'ai jamais dit.

— Tu as toujours été un bon garçon, Johnny. Je suis si fière de toi...

— Je suis fier de toi, moi aussi.

Puis, comme se rappelant quelque chose, Johnny sortit une petite boîte rectangulaire de sa poche et la lui tendit.

— C'est pour toi et papa. J'espère que cela vous rendra heureux très longtemps.

— Qu'est-ce que c'est ? Je peux l'ouvrir ?

Elle était curieuse de savoir de quoi il s'agissait.

— Non, pas maintenant, répondit-il d'un ton ferme.

Alice glissa le petit paquet dans la poche de sa robe de chambre.

Johnny se dirigea alors lentement vers la porte d'entrée, et elle le suivit. Ils restèrent à admirer la nuit, tous les deux enlacés. Johnny avait passé ses bras autour d'elle et la tenait serrée comme quand il était petit. Elle se sentait à la fois lasse et paisible, mais c'était une sensation agréable. Enfin Johnny lui donna un long baiser. Elle aussi l'embrassa pour la dernière fois, puis elle le regarda partir dans la nuit. Elle aurait tant voulu s'élancer après lui pour le retenir... Mais elle n'en avait pas le droit. Johnny lui adressa un dernier sourire, qu'Alice lui rendit aussi, le visage baigné de larmes. Cette fois, pourtant, sa tristesse était différente, mêlée de joie et de reconnaissance pour tout ce qu'il avait été pour elle. A peine eut-elle le temps de cligner les yeux pour chasser ses larmes que Johnny avait disparu dans la nuit, vers un lieu où elle ne pouvait le suivre.

Après être restée un long moment dans l'entrée, Alice referma doucement la porte. Comment était-il possible qu'il soit parti ? Elle ne pouvait se résoudre à y croire, pas plus que la première fois. Pourtant il avait raison, cette fois-ci c'était différent, même s'il lui manquait déjà et qu'elle n'était pas certaine d'être aussi prête qu'il le lui avait affirmé. En montant les escaliers, elle sentit son cœur déborder de sa présence et sut, en regardant Jim endormi, qu'il serait toujours près d'eux. Au moment d'ôter sa robe de chambre, elle se rappela le petit cadeau que Johnny lui avait offert. Elle alla dans la salle de bains pour l'ouvrir. Et quand elle vit ce que c'était, elle éclata de rire. C'était un cadeau fou, complètement dingue, une plaisanterie, rien d'important. C'était un test de grossesse ! Comme un message que Johnny voulait leur faire passer pour les pousser à faire une chose à laquelle ils n'avaient pas pensé quelques années auparavant : avoir un quatrième enfant. Ils y avaient renoncé après l'accident de Bobby. Et tandis qu'elle tenait la boîte dans sa main, elle entendit la voix de Johnny lui souffler :

« Vas-y, maman... Fais-le... »

La voix de Johnny était aussi claire que s'il s'était tenu en face d'elle, au point qu'elle se demanda s'il n'était pas dans la pièce avec elle. Mais elle ne pouvait plus le voir ni l'entendre. Elle pouvait seulement sentir sa présence dans son cœur. Elle repensa à la folie des trois derniers mois, cette folie douce qu'elle n'oublierait jamais. Puis elle repensa à son ulcère, qui s'était à nouveau manifesté depuis peu. Elle se demanda alors si le cadeau de Johnny était aussi innocent qu'il y paraissait. Sans y croire, mais suivant néanmoins son impulsion, Alice décida de faire le test.

Cinq minutes plus tard, le test dans les mains, regardant le résultat, elle sut qu'en entendant la voix de Johnny c'était comme s'il s'était tenu devant elle. Et elle sut aussi que dorénavant il serait toujours avec elle et que son retour n'avait pas été le seul miracle qu'il lui offrait. Il lui faisait maintenant le cadeau d'une nouvelle vie. Un nouvel être grandissait en elle. Une vie s'était achevée, une autre allait commencer. Et Johnny, cet enfant qu'elle avait tant aimé, son fils et son confident, serait à jamais dans son cœur.

Vous avez aimé ce livre ?
Vous souhaitez en savoir plus sur Danielle STEEL ?
Devenez, gratuitement et sans engagement, membre du
CLUB DES AMIS DE DANIELLE STEEL
et recevez une photo en couleurs dédicacée.

Il vous suffit de renvoyer ce bon accompagné d'une enveloppe timbrée à vos nom et adresse, au *CLUB DES AMIS DE DANIELLE STEEL – 12, avenue d'Italie – 75627 PARIS CEDEX 13.*

CLUB DES AMIS DE DANIELLE STEEL
12, avenue d'Italie – 75627 Paris Cedex 13

Monsieur – Madame – Mademoiselle

NOM :
PRENOM :
ADRESSE :

CODE POSTAL :
VILLE :
Pays :

Age :
Profession :

La liste de tous les romans de Danielle Steel publiés aux Presses de la Cité se trouve au début de cet ouvrage. Si un ou plusieurs titres vous manquent, commandez-les à votre libraire. Au cas où celui-ci ne pourrait obtenir le ou les livres que vous désirez, si vous résidez en France métropolitaine, écrivez-nous pour le ou les acquérir par l'intermédiaire du Club.